天使を夢見るウエイトレス

キャシー・ディノスキー 作

大谷真理子 訳

ハーレクイン・ディザイア

東京・ロンドン・トロント・パリ・ニューヨーク・アムステルダム
ハンブルク・ストックホルム・ミラノ・シドニー・マドリッド・ワルシャワ
ブダペスト・リオデジャネイロ・ルクセンブルク・フリブール・ムンバイ

BABY AT HIS CONVENIENCE

by Kathie DeNosky

Published by Harlequin Japan, a Division of K.K. HarperCollins Japan, 2016

キャシー・ディノスキー

イリノイ州南部に夫と３人の子供たちと住む。ティーンエイジャーのころからロマンス小説を読んでいたが、自分で書き始めたのは一番下の子供が学校に通い始めてからだという。作家になる以前は絵画教師をしていた。いまでは絵筆を鉛筆に持ち替え、物語を描くことが気に入っている。

主要登場人物

ケイティー・アンドルーズ……〈ブルーバード・カフェ〉の店主。
メアリ＝アン・アンドルーズ……ケイティーの母。
アレックス・アンドルーズ……ケイティーの兄。
キャロル・アン・アンドルーズ……ケイティーの姉。
ジェレマイア・ガン……退役軍人。
アニタ・ガン……ジェレマイアの母。
ヘレン・マッキニー……〈ブルーバード・カフェ〉の料理人。
ハーブ・ジェンキンズ……〈ブルーバード・カフェ〉の常連。
サディー・ジェンキンズ……ハーブの妻。
ドクター・ブレーデン……〈ディクシー・リッジ・クリニック〉の医師。
マーサ・ペイン……看護師。

1

ケイティー・アンドルーズは〈ディクシー・リッジ・クリニック〉の建物から出て、六月初めの明るい日差しの下を歩きはじめた。耳にはまだ、ドクター・ブレーデンのやさしい声がはっきりと残っている。

〝きみの家系は早期閉経の傾向があるから、あまり時間がないかもしれないよ、ケイティー。もし子供を作るつもりなら、そろそろどんな選択肢があるか考えてもいいんじゃないかな〟

三十四歳という年齢なら、あと十年や十五年は更年期を心配しなくていい女性も多いはずだ。あいにくケイティーは、それにあてはまらなかった。彼女の家族や親戚の女性はみな、三十六歳までに更年期が始まっている。そして四十歳までに更年期は終わり、子供を作ることができなくなるのだ。

ケイティーは下唇を噛《か》んだ。ひょっとすると、もう手遅れかもしれない。姉のキャロル＝アンと夫は三十代半ばまで自然妊娠のチャンスを待ったが、けっきょく、排卵誘発剤に頼ることになった。その結果、四つ子が誕生した。

ケイティーは震えながら深く息を吸い込んだ。子供は一人以上ほしいけれど、一度に一人ずつ生まれてくれたほうがいい。かわいそうに、キャロル＝アンは四人の赤ん坊の世話に日々奮闘している。それを見かねた両親が〈ブルーバード・カフェ〉をケイティーに任せ、心身ともに疲れ切った長女を助けるべくカリフォルニアへ出かけていったのだ。

ケイティーは腕時計を見やり、ドクター・ブレーデンからもらったパンフレットをショルダーバッグに入れた。午後になってカフェを閉めるまで、子作り問題は一時棚上げにしよう。

今は〈ブルーバード・カフェ〉へ行かなければならない。忙しいランチタイムが始まる前に戻らないと、ヘレン・マッキニーがカフェを辞めると言い出しかねない。テネシー州東部でいちばん仕事の速い料理人に辞められたら、両親は絶対に許してくれないだろう。

遠くから聞こえてくる轟音《ごうおん》がしだいに大きくなった。ケイティーが道路を横切ろうとしたとき、ちょうど赤と黒のハーレー・ダビッドソンが〈ブルーバード・カフェ〉の駐車場に入ってきて止まった。カフェの入り口へ向かうケイティーが急ぎ足でオートバイの横を通り過ぎると、運転手の男性が軽く頭を下げた。けれど、エンジンを切ってミラーサングラスをはずしたとき、彼がケイティーのほうを見たかどうかは定かではない。

だが、それは別におかしなことではなかった。二カ月前にジェレマイア・ガンがこの町に現れて以来、彼が親しくなった人間はハーブ・ジェンキンズしかいないのだから。もっと言えば、ジェレマイアがパイニー・ノブ・マウンテンにある、今は亡きアップルゲートおばあさんの古い小屋に住み、毎日、町に下りてきては〈ブルーバード・カフェ〉で昼食をとり、ハーブと毛鉤釣り《フライフィッシング》の話をしていることしか誰も知らないのだ。それ以外の時間、この大柄の男性はいつも一人で過ごしている。彼の態度を見るかぎり、その状況を変える気はないらしい。

ケイティーがカフェのドアを開けようとしたとき、背後から筋肉質の腕が伸びてきて取っ手をつかんだ。肩越しに後ろを見て、ケイティーは息をのんだ。謎に包まれたミスター・ガンにこれほど近づいたのは初めてだったし、彼のチョコレートブラウンの目と目を合わせるには、顔を上げなければならないことがわかって驚いたのだ。ケイティーは身長が百八十センチ近くあるので、人を見上げることはめったにない。

ミスター・ガンがドアを引いたとき、硬い胸がケイティーの肩に触れた。その瞬間、ぞくぞくするような感覚が彼女の体に広がった。「どうもありがとう、ミスター・ガン」彼女は口ごもりながら言ったが、どうして急にこんなにも心が乱れるのかわからなかった。

「ジェレマイアだ」深みのあるバリトンの声にはまったく感情がこもっていなかったにもかかわらず、ケイティーの心臓は止まりそうになった。

彼女は急いでカフェに入り、彼から離れた。彼のそばにいると、膝から力が抜けそうになるし、自分がどうにかなってしまったのではないかと不安になる。

「やっと現れたわね」カウンターの後ろにある厨房《ちゅう》房《ぼう》窓口の奥からヘレン・マッキニーが声をかけた。「もう注文は取っておいたわよ」

「ごめんなさい」ケイティーは謝った。カウンターの下にショルダーバッグを押し込み、レジのそばの壁にかかっているエプロンに手を伸ばした。「午前中は診療所が混んでいて、だいぶ待たされてしまったの」

たちまちヘレンのむっとした顔が気遣わしげな表情に変わった。「どうかしたの?」

ケイティーは首を振った。「年に一度の健診よ。標準体重より二十キロオーバーという点以外は、まったく健康ですって」

ヘレンは頭を振りながら、マッシュポテトとカントリー・フライドステーキの上にホワイト・グレービーソースをかけた。「あんな身長と体重の表なんか気にすることないわ。どこの誰があんなものを作ったのか知らないけれど、まったく現実的じゃないわね。もしあたしが適正体重まで体重を落としたら、中身が詰まっていない案山子《かかし》みたいに見えるんじゃないかしら」ヘレンは窓口から皿を押し出した。

「これはハーブに出してちょうだい」それから、もう一つの皿に手を伸ばす。「ほかのお客の注文も全部取っておいたわ。ただし、あそこでハーブと釣りの話をしているむっつり屋さんは別だけど」

ケイティーはうなずきながらハーブが注文した料理をトレーにのせ、注文伝票と鉛筆を手に取った。

「ジェレマイアはいつも日替わり定食を頼むわ」

「ジェレマイアですって？」ヘレンは片方の眉を吊《つ》り上げ、皿にインゲンを盛りつけていた手を止めてケイティーを見つめた。「あたしは何か見逃していたのかしら？　いつの間にあの人とそんなに親しくなったの？」

「そういうわけじゃないのよ」ケイティーは大声を出さないよう注意しながら答えた。「でも、この二カ月間、彼はほとんど毎日、ここに来ているでしょう。いつまでもむっつり屋さんと呼ぶのはよくないわ」

「あら、まあ、ケイティー・アンドルーズ、ひょっとしてあの人に気があるんじゃないの？」ヘレンは楽しそうにはしばみ色の目を輝かせた。

「やめてよ、ヘレン」ケイティーは焦《じ》れったそうに言った。どうして急に柄にもなくうろたえているのだろう？「わたしはもう大人なんだから、男の人に熱を上げたりしないわ」

ヘレンは満面に笑みを浮かべながら声をひそめて言った。「あなたは女だし、まだ息をしている。そうでしょう？」ケイティーに言い返す間を与えず、さらに続ける。「ああ、ジムと結婚していなかったら、あたしだってあの人をものにしたいと思ったかもしれないわ。うちの娘が友達といつも言っているのよ。あの人は七月四日の爆竹よりも刺激的だって」

ケイティーは友人に弱々しくほほえみかけた。「無駄話をしている暇なんかないでしょう、ヘレン。カフェには大勢のお客さまがいて、料理が出来上がるのを待っているのよ」

「痛いところを突かれたんじゃない、ケイティー?」ヘレンは笑いながらきいた。

「的はずれもいいところよ」ケイティーはさっと向きを変え、料理を運ぶためにカウンターをぐるりとまわった。「さあ、仕事に戻ってちょうだい、ヘレン」

フロアを歩きはじめてもヘレンの甲高い笑い声があとからついてくるので、ケイティーは身を縮めたくなった。いくらジェレマイア・ガンに関心がないと言っても、ヘレンはまったく信じようとしない。とはいえ、何より困るのは、彼女自身が信じられないことだった。

ハーブ・ジェンキンズは、パイニー・リバーのような大きな川よりも小さな川でフライフィッシングをする利点について、だらだらと話しつづけていた。しかし、ジェレマイアは彼の話をまったく聞いていなかった。いったい自分はどうしてしまったのかと考えるので忙しかったのだ。

この二カ月間、平日は毎日十二時になると、〈ブルーバード・カフェ〉で昼食をとるため、ハーレー・ダビッドソンに乗って山を下りた。そして毎日、ケイティーと呼ばれているウエートレスが注文を取りに来た。

しかし今日、ケイティーを先にカフェへ通すためにドアを押さえていたとき、初めて彼女と会ったような気持ちになった。カウンターの後ろで動きまわりながら料理人と話したり、料理を出す準備をしたりしている様子を見ていると、彼女はなかなかすてきな女性だと認めざるを得ない。

それにしても、どうして今までそのことに気づかなかったのだろう？　アクアマリン色の目が美しいことや、ダークブラウンの長い髪が艶《あで》やかな絹糸のようだということを、どうして見逃していたんだ？

「おい、わしの話を聞いとるのか？」ハーブが苛立《いらだ》たしげにきいた。「パイニー・リバーは鯰《なまず》釣りにはいいが、本格的な鱒《ます》釣りをしたいと思ったら、おまえさんの小屋の裏を流れるような小さな川のほうがいいんだ」

「あれはぼくの小屋じゃない」ジェレマイアは使い込まれたフォーマイカ仕上げのテーブルの反対側にいる、年配の男性に注意を戻した。「しばらく借りているだけだよ」

ハーブはにやりとした。「だがな、レイ・アップルゲイトは、おばあさんの古い家を売りたくて仕方ないんだよ」

この話がどの方向へ進むのか、ジェレマイアには見当がついた。「たしかあそこを借りたとき、レイがそう言っていたな」

「いつまでパイニー・ノブにいるのか、もう決めたのか？」ハーブはたずねた。

この一カ月間、ハーブはずっと同じことをきいてくる。そのたびにジェレマイアは首を振り、同じ返事をしているのだ。「いや。今は一日一日を生きて、一般市民という新しい立場に慣れようとしているだけだ」

「海兵隊には何年いたと言っていたかな？」ハーブがきいた。

「十九年だ」

ジェレマイアは今でも軍隊生活が早く終わったことを残念に思っていた。数カ月前の任務で負傷し、膝の具合が悪化しなかったら、今でも大声で部下に命令していただろう。そして、これからの人生をどう生きていくのか決めなければならない状況に追い込まれることもなかったはずだ。

「お待たせしました、ハーブ」ケイティーが近づいてきてテーブルに皿を置いた。ホワイト・グレービーソースがたっぷりかかったカントリー・フライドステーキとマッシュポテトは、ハーブの全身の動脈を詰まらせそうだ。ケイティーはジェレマイアに注意を向けてほほえんだ。「今日は何にしますか……ジェレマイア？」

ふいに腹にパンチをくらったような衝撃を覚えてジェレマイアは息をのんだ。あんなにかわいらしい笑顔は見たことがないし、あんなにやさしい声で名前を呼ばれると、胸の奥からほのぼのとした感情が湧き上がってくる。

急に口のなかが乾いて、ジェレマイアは咳払《せきばら》いをすると、こわばった唇を動かしてなんとか言葉を吐き出した。「日替わり定食にするよ」

「今日はチキン・ダンプリングのインゲンとトマト添えよ」ケイティーは伝票にジェレマイアの注文を書き留めた。「飲み物は何がいいかしら？」

「アイスティーを頼む」ジェレマイアはわざわざシロップ入りにしてほしいとは言わなかった。ディクシー・リッジでは甘くないアイスティーは出てこないのだ。

「お食事のほうは少し時間がかかるけれど」ケイティーは伝票をエプロンのポケットに入れた。「飲み物はすぐに持ってくるわね」

ケイティーがカウンターのほうへ向きを変えたと同時に、隣のテーブルにいた二人の男性が立ち上がった。それに気づいたジェレマイアが注意する間もなく、手前の男性が椅子を引いたため、まともに彼女とぶつかった。ケイティーがよろめいた瞬間、ジェレマイアは手を伸ばして彼女を受け止めた。どうしてそうなったのかよくわからないが、気がつくと、ケイティーはジェレマイアの膝の上に座っていた。

二人は見つめ合った。そのあいだ、ジェレマイアの頭にいくつかのことが刻み込まれた。ケイティーは桃と陽光の匂いがする。完璧な形の唇はかすかに開き、キスを求めているかのようだ。それだけではない。ケイティーの体には女性特有のやわらかさがある。そして、豊かな曲線を描く体を押しつけられていると、自分の体のある部分がいかにも男らしい反応を示した。

「すまなかった」ケイティーにぶつかった男性の謝る声が聞こえたとたん、魔法は解けた。「生まれたばかりの娘の自慢話をしていたものだから、そっちに夢中になってしまったんだ」

「いいのよ、ジェフ」ケイティーは言ったが、少し息が弾んでいるようだ。「フレディと赤ちゃんは元気？」

「元気だよ」ケイティーに手を差し出しながらジェフは笑った。「だけど、フレディはお兄ちゃんになりたくないんじゃないか、ってニックが言うんだ」

どうしてそんなことをしたのか、自分でもよくわからなかったが、ケイティーがジェフの手を借りて立ち上がろうとしたとき、ジェレマイアはウエストにまわしていた腕に力を込め、そのまま彼女を膝の上に座らせておいた。ケイティーの表情から判断すると、彼女もジェレマイアの行動に驚いているようだ。

ジェレマイアはジェフと呼ばれた男性をにらみつけたが、ジェフはちょっと眉を上げただけで、レジのほうへ歩いていった。

「大丈夫か？」ジェレマイアはケイティーにきいた。

ケイティーの頬が赤く染まっている。「あなたのほうこそ大丈夫？」

「もちろんだ」ジェレマイアは顔をしかめた。「どうしてそんなことをきく？」

「あなたの膝にまともにのってしまったわ……わたしはけっして体重が軽いとは言えないから……」薔薇《ばら》色の頬が赤みを増した。ジェレマイアが返事をする前に、ケイティーは彼の腕のなかから抜け出して立ち上がると、逃げ道を探しているかのようにあたりを見まわした。「ジェフの会計をしなくちゃ」

ケイティーが急いでカウンターの端に置かれたレジのほうへ行くと、ジェレマイアはその後ろ姿を見つめた。緩やかに揺れる丸いヒップを見ているうち、さらに下腹部がこわばってきて、無理やり目をそらした。

「ケイティーはかわいいだろう?」ハーブが心得顔でほほえんだ。

「気がつかなかったな」ジェレマイアは嘘《うそ》をつき、関心がなさそうな口調を装おうとした。しかし、残念ながらうまくいかなかった。自分でもそのことに気づいたし、ハーブもわかっているようだった。

ふいにその場から逃げ出したい衝動に駆られ、ジェレマイアは椅子から立ち上がって財布に手を伸ばした。「今日はあまり腹が減っていないんだ、ハーブ。昼食は抜いて、小屋の裏の川で運試しをしてみるよ。夕食用の虹鱒が一、二匹釣れるかもしれない」紙幣を数枚取り出してテーブルに置く。「ウエートレスがアイスティーを持ってきたら、注文はキャンセルするように言ってくれないか」

「あの子の名前はケイティー・アンドルーズだよ」ハーブはしわだらけの顔をほころばせた。「念のために言っておくが、独身だ」

それについて何か言うことはせず、ジェレマイアはTシャツのポケットからサングラスを取り出してかけた。「それじゃ、また明日、ハーブ」

ジェレマイアはわざとケイティーのほうを見ずにテーブルのあいだを進んで出口へ向かった。外へ出てオートバイのシートに腰を下ろすや、大きく息を吐き出した。

いったいどうしたのだろう? どうして急にケイティー・アンドルーズの一挙一動を見たいという衝動に駆られるのだ?

彼女は普段ぼくが好きになるタイプの女性ではない。ぼくが好きなのは大胆すぎるくらいにセクシーな女性で、ベッドのなかでは淫らなくらいに自由奔放なタイプだ。そして、ぼくと同様、束縛を嫌う女性。そういう女性とのつき合いはあとくされがなくていい。

しかし、ケイティー・アンドルーズは、行きずりの関係を楽しむようなタイプには見えない。どう見ても彼女は安定と永続的な関係を求めている。まさにぼくが避けてきたものだ。それなのに、どうしてこんなにも彼女に惹《ひ》かれるのだろう?

ジェレマイアは頭を振った。よくわからないが、今、しなければならないのは、できるだけケイティー・アンドルーズから離れていることだ。

ジェレマイアはオートバイのエンジンをかけて駐車場から出ると、パイニー・ノブ・マウンテンの山腹に通じる道路へ入った。今、借りている小屋に戻り、一人で静かな時間を過ごしたい。あそこでの生活はシンプルで、自分がほしくないものや、自分には絶対に手に入らないものを改めて気づかされることはないのだから。

ケイティーは顔をしかめ、ジェレマイアがテーブルに残していった二十ドルをエプロンのポケットにしまい込んだ。今度、彼がランチを食べに来たとき、忘れずにこのお金を返そう。

カウンターの後ろにある厨房窓口へ向かって歩いていくと、ケイティーはジェレマイアの注文が書かれた伝票を取って破いた。「ヘレン、日替わり定食を一人分キャンセルしてちょうだい。ジェレマイアは気が変わって、今日はここで食べるのをやめたんですって」

「あら、本当に？」ヘレンは唖然《あぜん》とした表情できいた。「むっつり屋さんが町に来てから、ここでランチを食べないのは初めてじゃない？」

「彼の名前はジェレマイアよ」ケイティーは仕事に注意を戻した。

ヘレンはケイティーの神経を逆なでするような笑顔を見せた。「それはさっきも聞いたような気がするけど」

友人のからかいに素知らぬ顔をして、ケイティーは新しいコーヒーをいれ、カウンターの後ろを片づけた。今までは、二カ月前にオートバイに乗ってこの町へやってきた男性にあまり注意を払わなかった。それなのに、この三十分間、彼のことで頭がいっぱいになっている。

初めてぶらりとカフェに入ってきた日から、ジェレマイアがいかついけれど端整な顔立ちをしていて、声もなかなかセクシーだというのは気づいていた。女なら誰だって気づくだろう。

けれど、どれほど体格がいいかということや、上腕のあたりでTシャツの生地がぴんと張りつめていることには気づかなかった。倒れる寸前で受け止められたとき、わたしをしっかりと支える彼の筋肉の感触に言葉を失ってしまった。

膝に座ってばかみたいにジェレマイアを見つめていたことを思い出したとたん、ケイティーの頬は燃えるように熱くなった。あのチョコレートブラウンの瞳の奥に秘められた何かに完全に魅了されたのだ。ジェレマイア・ガンは頭がよくて思いやりがある。注文しておきながら食べなかった料理の代金を支払っていったことを考えると、とても正直な人だというのがわかる。

「わたしの子供はそういう人間になってほしいわ」

ケイティーは物思いにふけりながらつぶやいた。

その瞬間、はっと息をのみ、すばやくあたりを見まわした。誰かに今の言葉を聞かれたり、頰の赤みを見られたりしていないだろうか？　いったいどうしてそんなことを考えたのかしら？　子供がほしくて仕方ないから、よく知りもしない男性まで父親候補として見てしまったの？

ケイティーは頭を振った。カフェを閉めたあと、どんな選択肢があるのか考える時間はたっぷりある。だからといって今も将来も、ジェレマイア・ガンが選択肢の一つだというわけではないが。

ところが、二時間後に〈ブルーバード・カフェ〉を出てドアに鍵をかけたとき、ケイティーはまだ彼のことを考えていた。ジェレマイア・ガンは、わたしが自分の子供に伝えたい特質をすべて兼ね備えている。頭のよさ、均整の取れた体、整った顔立ち。

「忘れなさい」ケイティーは自分に言い聞かせ、ショルダーバッグからカラフルなパンフレットを取り出した。もちろん、チャタヌーガの〈ランカスター精子バンク〉でも同じ特性を持つ男性を見つけることができるだろう。

小冊子を見つめながら、ケイティーは顔をしかめた。本当にデータベースにある精子提供者リストから自分の子供の父親を選びたいのかどうかよくわからない。肉体的特質と人格的特性が書かれたリストをもとにして精子提供者を選んだら、通信販売のカタログを見て買い物をするような気持ちになるのではないかしら。

もの思いにふけりながらケイティーはパンフレットをショルダーバッグに押し込み、並木道の端を歩いて生まれてからずっと住んでいる家へ向かった。頭上からは木漏れ日が降り注いでいる。青々とした木々に覆われたパイニー・ノブの山腹には、アザレアやつつじやしゃくなげが、オレンジやピンクや白の美しい模様を描いている。けれども、彼女はほとんど気づかなかった。ときおり、通り過ぎる車が挨拶代わりにクラクションを鳴らしても、彼女はまったく注意を払わなかった。車にひかれる心配もしていなかった。

たいていの場合、町の端から端まで道路のまんなかを歩いたとしても、車にでくわすことはない。つまり、ケイティーに言わせれば、こういうことなのだ。テネシー州のディクシー・リッジという町はあまりにも小さいので、彼女が抱える問題を解決するために男性の住人に協力を頼むなんてことはとうてい不可能だ。

ケイティーはため息をついた。いずれにしても、わたしが知っている男性はほとんど結婚している。数少ない独身男性もすでに婚約しているか、恋人がいる。そんな人たちに子供を作りたいから協力してほしいと頼むわけにはいかない。

ケイティーの心に諦めの念が広がりはじめた。今は精子バンクに行くしかないような気がする。ディクシー・リッジには結婚相手にふさわしい男性はいない。ジェレマイア以外で町にいる独身男性といったら、ホーマー・パーソンズだけだ。しかし、彼は九十歳で、六十年前からミス・ミリー・ロジャースと公然の間柄になっている。

ジェレマイア・ガンがわたしの求める特性をすべて持ち合わせているとしても、協力を頼む勇気を奮い起こすことはできないだろう。いったいなんと言ったらいいの?

〝ミスター・ガン、ご注文の料理ができました。ところで、わたしは子供がほしいのだけれど、今日の午後、ちょっと〈ディクシー・リッジ・クリニック〉に寄って、雑誌かビデオでも見ながらプラスチック・カップに精子を入れてくれませんか?〟

裏口の鍵を開けて家へ入ったとき、ケイティーの頬は火がついたように熱かった。そんなことを言ったら、間違いなく頭がどうかしていると思われてしまうだろう。

2

「ハーブ、今日はこれくらいにしないか?」ジェレマイアは釣り糸を巻きながら声をかけた。「もう当たりが来なくなったし、この鱒《ます》を下ろしおえたら、夕飯の時間になるだろう」

〈ブルーバード・カフェ〉から戻るや、ジェレマイアは胴長を着て毛鉤釣り《フライフィッシング》用の竿《さお》をつかみ、借りている小屋の裏にある川のまんなかに入っていった。少しばかり鱒を釣りたかったたし、できたら、どうして急にカフェのウエートレスが忘れられなくなったのか、その理由を突き止めたかったのだ。あいにく、内省の時間は長続きしなかった。ハーブが昼食をすませたあと、パイニー・ノブにあるジェレマイアの小屋までやってきて、川に入るなりぺちゃくちゃしゃべりはじめたのだ。年配の男性の話は疑似餌と毛鉤《けばり》の違いに始まって、自分が経営する釣りと狩猟の専門店〈パイニー・ノブ・アウトフィッターズ〉に、共同経営者を迎えたほうがいいかという問題にまでおよんだ。

ジェレマイアも最後にはハーブの話にほとんど耳を貸さなくなったが、魚たちは早々に退散したらしい。ハーブが現れてしゃべり出してからというもの、一匹も釣れなくなった。

「夕食用に何を釣ったんだ？　虹鱒かブラウン・トラウトか？」ハーブは向きを変え、ゆっくりと水のなかを歩いて岩だらけの岸へ戻っていった。

ジェレマイアは肩にかけている魚籠《びく》をのぞいた。

「虹鱒を四尾だ」

「二人分としてはじゅうぶんだな」ハーブは振り返らずに言った。

「二人分？」ジェレマイアは眉根を寄せた。「いったいなんの話だ？」

「今日の夕食はお客と一緒に食べることになりそうだぞ」年配の男性はにやりとしながら、川岸にいる人物に手を振った。「やあ、ケイティー」

勢いよく向きを変えたジェレマイアは、もう少しで急流に足を取られそうになった。たしかに、小屋へ通じる小道にケイティー・アンドルーズが立っている。

「いったいなんの用だ？」思わずジェレマイアはつぶやいたが、さいわいその声は勢いよく流れる水の音にかき消された。

二カ月前にグレート・スモーキー山地へやってきてからというもの、ジェレマイアはあえてディクシー・リッジの住人と知り合いになろうとはしなかった。ただし、前方を歩いている男性は別だ。ハーブとはいやおうなしに知り合いになった。ハーブはかたときも口を閉じようとしない。ジェレマイアがいくら一人でいようとしても、ハーブのほうはおかまいなしに話しかけてくるので、いつの間にか二人は友達のような関係になった。ジェレマイアにとってはめずらしいことだった。

　川岸に散在する岩を注意して越えながら、ジェレマイアはケイティーを見て口もきけずに突っ立っている自分を罵った。まるで卒業記念のダンスパーティーで、パーティーの女王を前にしたにきび面の高校生みたいじゃないか。三十七年間生きてきて、女性と話すことに苦労した経験など一度もない。だが、どういうわけか何も言う言葉を思いつかないし、どうしてそうなるのかもわからない。

「どうしてこんなところまでやってきたんだね、ケイティー？」ハーブは釣竿を分解して収納ケースにしまいながらきいた。「夕食用の虹鱒を釣ろうと思っているのかな？」

　ケイティーは顔をほころばせながら首を振った。

「今日はそうじゃないのよ、ハーブ」

「きみも釣りをするのか？」ようやく口がきけるようになったので、ジェレマイアはきいた。

「ええ、ときどきね」ケイティーはうなずいた。

　ハーブが噴き出したということは、ケイティーにはかなり釣りの経験がありそうだ。「ケイティーは毎年七月四日に行われる、女性だけの釣りの競技会で八年連続優勝しているんだよ。その前の四、五年も上位入賞していた」ハーブはくすくす笑いながら釣竿をしまったケースを閉めた。「今年も優勝確実だろうな」

「そうなのか？」ジェレマイアは今までフライフィッシングの上手な女性に会ったことがなかった。

　ケイティーは片方の肩をすくめた。「四歳のときから父や兄に教えてもらっていたから」

　ぎこちない雰囲気が漂うなか、ケイティーとジェレマイアが見つめ合っていると、しびれを切らしたハーブがきいた。「釣りをしに来たんじゃないなら、どうしてこんなところまでやってきたんだね？」

ケイティーの磁器のように白い頬が薔薇《ばら》色に染まるのを見て、ジェレマイアは心を奪われた。ああ、最後に女性が顔を赤らめるのを見たのがいつだったか思い出せない。

「あの……ここに来たのは……ミスター・ガンがカフェに置いていったお金のことで話をしようと思ったからなの」ケイティーはためらいがちに言った。

「だから、二十ドルも置いていかれたらケイティーは喜ばないと言っただろう？」ハーブは小屋に通じる小道を歩きはじめた。

「ああ、そうだった」ジェレマイアはぼそぼそと言い、ケイティーがハーブと一緒に歩き出すのを待った。

実のところ、この二時間、ハーブは何度もその話を持ち出しては、ケイティーがどれほど怒っているか言いつらねていた。しまいには、彼女が素手でジェレマイアを引き裂きかねないような言い方までした。

小屋までの短い距離を歩いているあいだ、ジェレマイアはぴったりしたジーンズに包まれたケイティーの長い脚や、艶《なま》めかしく揺れる丸みのあるヒップに気づいていないふりをしようとした。だが、小屋に着いたころには額に玉の汗が浮かび、歩いているうちにジーンズが縮んできつくなった気がした。

いったいどうしたんだ？　ぼくは欲求不満のティーンエージャーじゃない。れっきとした大人なのだから、自分をコントロールする力があるはずだ。長いこと女性の魅力に触れる機会がなかったから、目の前を歩く女性を見ただけで興奮してしまうのか？

「さあ、わしはもう引き上げるから、おまえさんたちはせいぜい例の金のことでやり合うといいさ」ハーブは自分のトラックへ向かうと、荷台に釣竿をしまった。「夕飯の時間までに家へ帰らないと、サディーにひどい目に遭わされるからな」

「サディーによろしく」年配の男性が運転席側のドアを開けてトラックに乗り込むと、ケイティーは手を振った。「明日、また〈ブルーバード・カフェ〉で会いましょう、ハーブ」

ハーブのトラックが見えなくなるや、ジェレマイアは何を言おうか考えた。しかし、何も思いつかなかったので、小屋の正面ポーチを手で示した。「座らないか？」

ケイティーはちょっとためらうような表情を見せたが、深く息を吸い込んでうなずき、ジェレマイアよりも先に階段を上った。そして木製のぶらんこに座る前に、ジーンズのポケットから十ドル札を二枚取り出した。

「これは返すわ」そう言ってジェレマイアに紙幣を差し出した。

ジェレマイアは首を振り、ぶらんこの前に置かれたベンチに腰を下ろした。「それはぼくが注文したランチの代金とチップだよ」

ケイティーはジェレマイアの手に紙幣を押し込んだ。「注文はキャンセルできたし、チップにしては多すぎるわ」

ケイティーの指がてのひらに触れた瞬間、ジェレマイアの腕に電流のようなものが走った。彼はつばをのみ込み、うめき声をもらしそうになるのをこらえた。「だが――」

ケイティーは大きく首を振りながらぶらんこに座った。「それをいただくようなことは何もしていないんだもの」

ジェレマイアはケイティーの道義心には感心したが、こう思わずにいられなかった。彼女が金を受け取って、ぼくにはかまわないでいてくれたらよかったのに。なぜかわからないが、ケイティー・アンドルーズを前にすると、鰐《わに》がうようよいる湿地を匍匐《ほふく》前進《ぜんしん》している新兵を指揮しているときのように苛々《いらいら》する。

「ミスター・ガン、ちょっと――」

「ジェレマイアだ」ジェレマイアは彼女の言葉を遮って言った。ケイティーを見つめないでいるために、毛鉤を作るときに使うテーブルを少し引き寄せた。「ぼくの名前はジェレマイアだよ」

「ああ、そうだったわね。ごめんなさい」ぎこちない言い方が気になって、ジェレマイアはケイティーのほうを見た。どうやら彼女が気にしているのはお金のことだけではないらしい。「ジェレマイア、ちょっと話したいことがあるのだけれど……」

ジェレマイアは午前中に作っていた毛鉤を手に取り、釣り針を隠している小さな羽毛のまわりに赤いナイロン糸を巻きはじめた。ケイティーが何を話したいのか想像もつかないが、どんな話にしろ、彼女がひどく緊張しているのはたしかだ。

「話してごらん」

ケイティーはいきなり立ち上がり、ポーチを端から端まで行ったり来たりしはじめた。「わたしにとってこれは簡単なことじゃないのよ。こんなことは初めてなんですもの」

ジェレマイアが目を上げると、勇気を奮い起こそうとしているのか、ケイティーは下唇を噛《か》んでいる。「なんだか知らないが、それほど悪い話じゃないんだろう」そう言いながら、彼女がどれほど魅力的かについては考えないようにした。「さっさと言うべきことを言って、終わらせてしまったらどうだ？」

しばらくジェレマイアを見つめたあと、ケイティーは小さくうなずいた。「わかったわ、ミスター・ガン……いえ、ジェレマイア」目を閉じて深く息を吸い込み、ふたたび目を開けて彼を見つめる。「ちょっとお願いがあるのだけれど、わたしの子作りに協力してもらえないかしら？」

ケイティーが何を言うつもりなのか見当もつかなかったが、子作りに協力してほしいと頼まれるなどまったく予想外だった。ケイティーの言葉に仰天していたジェレマイアは、とつぜん親指の腹に鋭い痛みを感じ、釣り針を突き刺してしまったことに気づいた。「しまった――」

「まあ、大変！」ケイティーはジェレマイアに駆け寄り、両手で彼の手をつかんだ。「ごめんなさい」そう言いながら傷の具合を調べる。「びっくりさせるつもりはなかったのよ」

釣り針は深く刺さり、親指が痛いものの、それよりもジェレマイアの手を握るやわらかな手の感触のほうがまさった。今、彼に考えられるのはケイティーがすぐそばに立っていることだけだった。ぼくが顔を上げたら、二人の唇が触れ合うだろう。にわかに彼の全身が熱くなり、胸の鼓動が速くなった。

「針を抜けば問題ない」ジェレマイアはケイティーから離れようとした。ばかな真似《まね》をしないうちに早く離れなければ。ぐずぐずしていると、彼女を引き寄せて、息が切れるまで激しくキスをしてしまいそうだ。

「針の返しがかなり深く入っているわ」ケイティーはジェレマイアの手を放した。「ドクター・ブレーデンに抜いてもらいましょう」

「自分でなんとかするよ」

「いいえ、だめよ」ケイティーは言い張った。アクアマリン色の目に浮かぶ気遣わしげな表情を見て、ジェレマイアの胸に温かな感情が広がった。「最近、破傷風の注射は打った？」

ジェレマイアはうなずいた。もし声を出すことができたら、海兵隊員は定期的に予防接種を受けていると答えただろう。だが、今はきちんと話せる状態ではない。

「さあ」ケイティーはジェレマイアの腕を引っ張った。「わたしが運転するから、診療所に行きましょう」

「その必要はないよ」ジェレマイアは立ち上がった。

「自分で運転できる」

「車かトラックを持っているの？」

ジェレマイアは首を振った。「いや。ハーレーだけだ」

ケイティーはジェレマイアを見たが、その目つきからすると、彼をどうしようもない頑固者だと思っているようだ。「その手でハーレーに乗るのはちょっと無理なんじゃないかしら。ハンドグリップを握ったら、釣り針がもっと深く食い込むと思わない？」

ジェレマイアは顔をしかめ、ポーチのそばに停《と》めてある、防水カバーがかけられたオートバイを見つめた。

「あなたには無理よ」ケイティーは自分の赤いSUV車を指差した。「わたしが診療所まで乗せていくわ」

「だが、ペンチを使えば――」

「もっとひどいことになるわよ。さあ、わたしの車に乗って」それ以上何も言わず、ケイティーは階段を下りてエクスプローラーに向かった。

ケイティーのあとからついていきながらジェレマイアは思った。彼女なら優秀な海兵隊員になれるだろう。親指に釣り針が刺さっているのを見たらたいていの女性は怯《おび》えるだろうが、ケイティーは違う。彼女は傷口からにじみ出ている血を見ても気絶などしない。慌てず騒がず、彼女は何をすべきか見きわめると、行動計画を実行する準備をした。優秀な兵士ならまさにそうするだろう。

エクスプローラーの助手席に乗り込んだとき、ジエレマイアはちらりとケイティーを見た。彼女の積極的な態度には感心するものの、少し頭がどうかしているのではないかという思いを拭い去ることができなかった。

どうして子作りに協力してほしいと頼んだりしたのだろう？

〈ディクシー・リッジ・クリニック〉のドアを開けてジェレマイアをなかに通しながら、ケイティーは内心で思った。ああ、今ここで地面が割れてわたしをのみ込んでくれたらいいのに。ジェレマイアに子作りに協力してくれないかと頼んだとき、わたしはいったい何を考えていたのかしら？

カフェを出て家へ帰ったあと、ついに心が決まった。パイニー・ノブへ行ってジェレマイアに二十ドルを返したあと、いくつか質問をして、精子提供者の役目を引き受けてもらえそうかどうか判断するつもりだった。いきなり自分の子供の父親になってほしいと頼むつもりなどまったくなかったのだ。

それなのに、むずかしい頼みごとを上手に説明するどころか、手榴弾《しゅりゅうだん》を投げつけるかのように自分の要望をぶつけてしまった。そして、それが本物の爆弾だったかのように、ジェレマイアはたじろいだのだ。彼の反応を見るかぎり、子作りに協力する気など毛頭ないし、二度とわたしと口をきくつもりもないだろう。

「こんにちは、ケイティー」受付カウンターの向こうからマーサ・ペインが声をかけた。そしてジェレマイアをなめまわすように見た。「いい人を見つけたみたい――」

「親指に釣り針が刺さったのよ」ケイティーは相手の話に割り込んだ。「先生に取ってもらいたいの」

マーサは長年、〈ディクシー・リッジ・クリニック〉の看護師をしているので、診療所内で起こっていることはすべて知っている。たぶんケイティーが、手遅れになる前に子供を作る計画に協力してくれる不運な男性を見つけてきたと思っているのだろう。

「運がよかったわね」マーサは鉄灰色の髪をなでつけながらカウンターの端をまわって出てくると、ジェレマイアの親指を見た。「今日、診療所を閉めたら、先生は二日間休みを取って、レキシーと三人の子供を連れてジョージア州のストーン・マウンテンへ行く予定なのよ」頭を振り、傷口を調べる。「うまく突き刺したものね。どうしてこんなことに？」

ジェレマイアがケイティーのほうを見ると、彼女は顔をまっ赤にした。「毛鉤を作っていたんだが、手元に注意を払っていなくてね」ジェレマイアは肩をすくめた。「よくある話さ」

マーサはうなずきながら彼の手を放した。「先生に事情を話して針を抜き取る準備をしてくるから、二人とも座って待っていてちょうだい」

マーサが廊下を歩いて診察室へ行ったあと、ケイティーは待合室の壁際に並んでいる椅子に腰を下ろした。マーサの目が輝いていたところを見ると、何が起こっているのか知りたくてうずうずしているようだ。男性と一緒にいるケイティーを見るのに慣れていないのもあるが、どうして彼女がジェレマイアを診療所に連れてきたのか不思議でならないのだろう。ディクシー・リッジでジェレマイアと親しくしているのはハーブだけだと、街中の人が知っている。だから、ジェレマイアを病院に連れてくるとしたら、ケイティーではなくてハーブのはずなのだ。

ジェレマイアがケイティーの横の椅子に腰を下ろすと、彼女はため息をついた。「わたしのせいでこんなことになってしまって、本当にごめんなさい」

ジェレマイアがディクシー・リッジに来て二カ月になるが、初めて彼の口の端が上がり、笑みまで浮かぶのを見た。すると、まるっきり顔つきが変わった。

一瞬、ケイティーの心臓が止まり、息が詰まりそうになった。ジェレマイア・ガンはハンサムなだけではない。笑みを浮かべると、うっとりするほど魅力的だ。

「もういいよ」ジェレマイアは首を振った。「きっときみの言ったことを誤解して――」

「やあ、また来たんだね」ドクター・ブレーデンがにこにこしながらやってきた。「こんなにすぐに会うとは思っていなかったよ、ケイティー」

「診てほしいのはわたしじゃないんです」ケイティーは慌てて言った。

彼女がそれ以上説明する前に、ドクター・ブレーデンはジェレマイアに注意を向けた。「それなら、診察が必要なのはあなたのほうですか?」

ジェレマイアはうなずいた。「ぼくは大丈夫だと言ったんですが、ケイティーが、先生にきちんと診てもらってから取ってもらったほうがいいと言い張るもので」

ドクター・ブレーデンの眉が上がり、顔に驚きの表情が広がった。「たしかに、こういうことを始める前に健康証明書を取っておくのは双方にとっていいことです。だが、実際に処理をするのはあなた自身で――」

「つまり、健康診断を受けてから、自分で釣り針を取らなければならないということですか?」ジェレマイアは顔をしかめながら片手を上げて親指を見せた。

ドクター・ブレーデンの視線が自分のほうに向けられたとき、ケイティーの頬は火がついたように熱くなった。何を言っても事態を悪化させるだけだ。今はこの悪夢が早く終わってくれるよう祈るしかない。

ドクター・ブレーデンはジェレマイアに注意を戻

し、診療室のほうに顎を動かした。「どうやら、あなたが来た理由を誤解していたようだ。では、わたしについてきてください。釣り針を取ったら、すぐに帰れますよ」

廊下の奥にある診察室に二人の男性が入っていく様子を見守りながら、ケイティーは心から思った。ああ、今日という日が来なければよかったのに。今朝、ベッドから出たときに頭のなかにあったのは、〈ディクシー・リッジ・クリニック〉で年に一度の健診を受けて、閉店時間まで仕事をしたら、家へ帰り、ガトリンバーグのギフトショップで販売するための新しいキルトを作りはじめることだった。

ケイティーは指先でこめかみを揉《も》んだ。どうしてこんなややこしい状況になってしまったのだろう? どうしてこんな恥ずかしい思いをしなければならないの?

深々とため息をつきつつ、ケイティーは椅子の背にもたれて目を閉じた。ジェレマイアをパイニー・ノブの小屋へ送り届けたら、わたしの家族には一時的にばかなことをする傾向があるとかなんとか言って弁解しよう。それから家へ飛んで帰り、二度と彼と会わなくてすむことを期待しよう。

ドクター・ブレーデンが指の関節に注射を打って親指の感覚を麻痺させると、ジェレマイアは診察台に座り、医師が慎重に釣り針をはずす様子を見守った。しかし、医師の処置に注意を集中していたわけではなく、頭では待合室でのやりとりについて考えていた。

「先生は、ぼくがここに来たのは親指に刺さった釣り針を抜いてもらうためではなく、まったく別の理由のためだと思ったんですね」それは質問ではない。ジェレマイアに性格判断ができたなら、きく前にドクター・ブレーデンが彼の質問を否定するような人物ではないとわかっただろう。

医師はまっすぐにジェレマイアの目を見すえた。

「そうです」

「それがどんな理由なのか、話してもらうわけにはいかないんでしょうね？」ジェレマイアが見つめていると、医師は釣り針の端にある返しを切り取ったあと、残りの部分を親指から引き抜いた。

「ええ、その件は話せません」ドクター・ブレーデンは傷口に軟膏《なんこう》をたっぷりと塗った。「わたしの思い込みが間違っていた、とだけ言っておきましょう」

ジェレマイアはほほえんだ。「つまり、知りたかったらケイティーにきけということですか？」

医師はにやりとし、ジェレマイアの親指に包帯を巻いた。「まあ、そんなところですね」包帯をテープで留めたあと、少し下がってジェレマイアが立ち上がるのを待った。「あなたは除隊したばかりだから、破傷風の予防注射は必要ないでしょう」

ジェレマイアは顔をしかめた。自分が町で噂《うわさ》の種になっているかと思うと、あまりいい気持ちはしなかった。「ぼくが海兵隊にいたことをハーブから聞いたんですね」

ドクター・ブレーデンはうなずいた。「ハーブに腹を立てないでください。みんなに自分のことを知られるのは、ディクシー・リッジのような小さな町に住むことの短所ですね。わたしは五年前にシカゴからこちらへ移ってきましたが、自分が誰なのか、何をしているのか、人に知られることになかなか慣れなかった。しかし、すぐにわかりました。みんなそうやって新しい住人のことを心配し、この町の一員だという気持ちにさせたいと思っているんですよ」

「たしかにそれが適応するということなんでしょうね」

ジェレマイアは善良な医師に言うのは控えたが、どんな事柄にも二面性があると思っていた。彼の経験では、小さな町の噂話は素直に受け入れられるどころか、有害で不和のもとなのだ。

ジェレマイアが診察室を出ようとすると、ドクター・ブレーデンが包帯の巻かれた親指を指差した。

「傷口を化膿《かのう》させないためにも、釣りをするのは二、三日様子を見て、傷が治ってからにしてください」

「ありがとうございました。そうします」

医師のあとから廊下へ出ると、ジェレマイアは受付で治療代を払い、ケイティーのいる待合室へ行った。部屋に入るや、アクアマリン色の目に浮かぶ不安げな表情に気づいた。

「大丈夫なの？」ケイティーは椅子から立ち上がった。

ジェレマイアはうなずいて左手を上げた。「釣り針は取れたから、もう帰っていいそうだ」

「よかった」そのとき、とつぜん雷鳴が轟《とどろ》いたので、ケイティーはぎくっとした。「嵐になる前にあなたを送り届けて山を下りないと」

駐車場を横切ってケイティーのSUV車に向かうとき、ディクシー・リッジの西側にある山々の上空に現れた暗雲を見て、ジェレマイアは眉をひそめた。この二カ月間、毎日のように雨が降っている。ただのにわか雨で終わるときもあるが、山の反対側から嵐がやってきて、短時間に大量の雨を降らせることもある。どうやら今日は後者のようだ。

「いつもこんなに雨が多いのか？　それとも、今年は特別なのかな？」エクスプローラーの助手席に乗り込むとき、ジェレマイアはきいた。

「今年は平年並みよ」ケイティーは駐車場から車を出したあと、ディクシー・リッジから出る道路に入った。「この町の年間平均降雨量は一二七〇ミリよ。でも、パイニー・ノブの頂上では一五〇〇ミリ以上になるわね」

「ずいぶん降るんだな」

ケイティーはうなずいた。「気象学者ならもっと詳しく説明できるでしょうけれど、とにかく山を越えてくる雲と関係があるらしいわ」

「どうりでしょっちゅう川が増水して、小屋の南側を走る道路が水浸しになるわけだ」ジェレマイアは独り言を言った。

大粒の雨がSUV車のボンネットとフロントガラスをたたきつけはじめたので、ケイティーは少しスピードを上げた。「だから、できるだけ早く山を下りなければならないのよ。そうしないと、明日、水が引くまで川を渡れなくなるから」

ケイティーが運転する車は雨で滑りやすい道路をかなりのスピードで進み、パイニー・ノブの山腹へ通じるヘアピンカーブを走りつづけている。ジェレマイアは落ち着かなかったが、口を閉じて、彼女の気を散らさないほうが安全だと判断した。それでも、川を渡り切ったあとは、少し楽に息ができるようになった。ケイティーは慎重に車を操作して浅瀬を越えたが、通常は二十センチくらいの深さしかないのに早くも水かさが増していた。それでもまだ、ケイティーが山を下りるときにエンジンに水が入る心配はなさそうだ。

「ちょっと頼みがあるんだが」小屋の前で車が止まったとき、ジェレマイアはついケイティーに言った。「帰りはばかみたいに車を飛ばさないでくれないか」

ケイティーが自分の運転にけちをつけられて反論する前に、ジェレマイアは助手席側のドアを開けて車から降りると、ますます激しくなる雨のなかを全力疾走してポーチへ向かった。彼が階段を駆け上がって振り返ったときには、はやくもSUV車は私道から出ていくところだった。

ジェレマイアは頭を振りジーンズのポケットから

キーを取り出した。「本当に女ってやつは困ったものだ。ぼくにああ言われて、きっともっとスピードを出すんだろう」

ジェレマイアはブーツを脱いでドアのそばに敷かれたマットの上に置くと、居間の端にある暖炉のほうへ歩いていった。今は六月でかなり暖かいものの、雨が降ったために外気温はかなり下がっているし、雨のなかを走ったのでびしょ濡《ぬ》れだった。火に当たれば冷えた体が温まるし、日が暮れるまでには気分もよくなるだろう。

暖炉に薪《まき》を入れてそのまわりにたきつけを置きながら、ジェレマイアはケイティーのことを考えた。こんな悪天候のなか、彼女が危険な道路に車を走らせているかと思うと気が気ではない。帰ったら電話で無事を知らせてほしいと言わなかった自分に腹が立つ。

ジェレマイアはどきっとした。ああ、どこからそんな考えが生まれてくるんだ？

ケイティーはとても魅力的だが、実のところ、彼女のことは何も知らない。それに、彼女はぼくが心配すべき相手ではない。また、そうなってもらうつもりもない。

大人になってからは、ああいうタイプの女性を徹底的に避けてきた。だからといって、ケイティーの安全を気遣うことができないわけではない。激しい雨をついて車を走らせ山を下りているのがハーブだとしても、同じようにやきもきするだろう。

めずらしく他人の心配をしていることに満足のいく説明が見つかったので、ジェレマイアは立ち上がり、濡れたTシャツを脱いで暖炉のそばに置いた。しばらく時間を置いてから電話帳でケイティーの番号を調べて電話をかけ、無事に山を下りられたかどうかたしかめよう。それがすんだら、落ち着いた気持ちで自分のことに取りかかれるだろう。

適切な解決策を思いついたことに満足し、ジェレマイアはベルトのバックルを緩めてジーンズのボタンをはずした。ところが、ファスナーを下げはじめたとき、何かが古い木製の玄関ドアにぶつかる大きな音がした。蝶番《ちょうつがい》がはずれそうなほど激しいぶつかり方だ。

ふたたび大きな音がしたとき、ジェレマイアは暖炉の上の棚から猟銃を取り、用心しながらドアに近づいた。それは誰かがノックしているようなリズミカルな音ではなく、やみくもにたたいている音だ。この地域に生息する黒熊が嵐を逃れてポーチに上がり込んでいるのかもしれない。

ドアの内側にかけられているカーテンを開け、音の原因を突き止めようとしたが、外はとくに変わった様子はない。きっと風でぶらんこが端へ飛ばされたのだ。そう確信した彼が暖炉の上に猟銃を戻そうと向きを変えたとき、また何かがドアの下のほうにぶつかった。

その音の原因を探ろうと決意し、ジェレマイアは取っ手をつかんで三つ数えると、かつての上官を驚かせるときのような声をあげて勢いよく開けた。しかし、ドアの外にいたのは黒熊でもあらいぐまでもなかった。ジェレマイアの足下に倒れ込んだのは、泥にまみれ、ずぶ濡れになったケイティーだった。

3

ジェレマイアが死者をも目覚めさせるほど大きな声でどなったとき、元気があればケイティーはすばやく後ろに飛びのいて、声をかぎりに叫んだことだろう。けれど、実際は縮み上がってめそめそ泣くことしかできなかった。

「ケイティー、どうしたんだ？」ジェレマイアはドアの枠に猟銃を立てかけてから、手を伸ばして彼女を立たせようとした。ところが、ケイティーは脚に力が入らないようなので、彼女の体に腕をまわしてむき出しの広い胸に引き寄せた。「大丈夫か？」

ケイティーは返事をしようとしたが、歯の根が合わず、ただうなずいただけで温かい大きな体に身をすり寄せた。彼女は頭のてっぺんから爪先までずぶ濡《ぬ》れになっていて、こんなに寒いのは生まれて初めてだった。

「さあ、なかに入って、体を温めるんだ」

だが、脚がこわばって思うように動けない。すると、ケイティーはあっという間にジェレマイアに抱え上げられ、石造りの暖炉の一段高くなった炉床に下ろされた。自分のように重たい女性を抱えてジェレマイアがどう思ったか、ケイティーは考えたくなかった。今は自分が凍死するかどうかという問題で頭がいっぱいなのだから。

「ちょっと待っていてくれ」ジェレマイアは廊下を走っていった。少しして戻ってくると、ケイティーの前にひざまずき、厚手のタオルを彼女の頭と肩にかけた。さらに、別のタオルで彼女の顔についた雨粒を拭いてから、ブラウスのボタンをはずしはじめた。

寄せてくる。

「だ、だめよ」ケイティーは異議を唱えたが、相変わらず歯ががちがちと鳴り、絶え間なく寒けが押し寄せてくる。

「このままでは低体温症になってしまうよ」ジェレマイアはせっせと濡れたブラウスのボタンをはずしている。「服を脱いで早く体を温めないと、ショック状態に陥るかもしれない」

「わ、わたしは……だ、大丈夫よ」ケイティーは懸命に口を動かした。こわばった冷たい指をジェレマイアの指に絡ませ、彼がしていることを止めようとした。

「いや、大丈夫じゃない」ジェレマイアはきっぱりと言った。

そのとき、ブラウスのボタンが四方八方に飛び散った。焦《じ》れったくなったジェレマイアが荒々しく濡れた生地を引き裂き、彼女の体からはぎ取ったのだ。

けれど、ケイティーにとって何よりも恥ずかしい出来事はこのあとだった。ジェレマイアが彼女の背中に手を伸ばすや、ホックをはずしてブラジャーも取り去ったのだ。

すでにケイティーは、今日ほどひどい一日はないと思っていたが、まさに最悪の一日になった。あらわになった上半身に立った鳥肌は、今まで経験したことのない寒さを感じているせいなのか、身に着けていたものをはぎ取られたせいなのか、よくわからなかった。どちらにしろ、恥ずかしさのあまり死ぬことがあるとしたら、今にもわたしは息絶えるに違いない。

ケイティーは胸の前で腕を組んで精いっぱい体を隠すと同時に、精いっぱい体を小さく見せようとした。とはいえ、自分の体格を考えると、それはむずかしいのだが。

時間が経《た》つにつれて無念さは大きくなっていった。そんなケイティーの思いをよそに、ジェレマイアはもう一枚のタオルで腕や肩や背中をごしごしとこすりはじめた。「サバイバルの基礎訓練で最初に教わることだ。濡れた衣服はできるだけ早く脱いで乾いたものに着替えなければならない」本当にサバイバルの訓練をしているかのような口調で言う。

わたしの胸を見てもジェレマイアが何も感じないことにほっとしたらいいのか、それとも、魅力のない女だと思われていることにがっかりしたらいいのか、ケイティーにはよくわからなかった。しかし、ジェレマイアの対応が功を奏し、冷え切った体に温かさが戻りはじめると、そんなことはどうでもよくなった。

「も、もう……それほど……寒くないわ」少なくとも歯ががちがち鳴ることはなくなったので、話はできるようになった。

「よかった」ジェレマイアは持っていたタオルをケイティーに渡し、彼女が履いているテニスシューズとソックスを脱がせてから立ち上がった。「シャワーの湯を出しておくから、火のそばでほかの衣類も脱いでいてくれ」

ケイティーはとっさにタオルを胸に巻きつけた。

「シャワーですって?」

ジェレマイアはうなずいた。「熱いシャワーを浴びると、血行がよくなって平熱に戻るんだ」

ジェレマイアを見つめるうち、ケイティーは玄関のドアが開いたときには注意を払っていなかったことに気づきはじめた。ジェレマイア・ガンは典型的な男盛りの男性というだけではない。彼の肉体は本当にすばらしい。

肩も胸も信じられないほど広いし、ボディービルダーが嫉妬するほど、腹部の筋肉が隆起している。うっすらと生えた黒い毛が見事な胸筋と腹筋を覆い、左腕には海兵隊の記章のタトゥーが彫られている。右腕の外側には小さな白い筋状の傷跡があり、右脇腹の日焼けした肌にも、もう一つ傷跡がある。

「砂漠の嵐作戦のとき、狙撃手が発射した二発の銃弾がぼくの体をかすめたんだ」ケイティーにしげしげと見られていることに気づいたらしく、ジェレマイアは説明した。そしてすぐに頭を振る。「だが、それも過去の話だ。今、きみがしなければならないのはその濡れた服を脱ぐことだよ」

ジェレマイアがケイティーを立たせようと手を伸ばしたとき、右腕の筋肉が収縮した。その瞬間、彼女の背中を寒けとは関係ない震えが走った。ケイティーは懸命にタオルで胸を覆いながら彼の手を取り、こわばった膝を伸ばして立ち上がった。

「シャワーからお湯を出すくらい自分でできるわ」ケイティーはきっぱりと言った。「バスルームはどこなの？」

ジェレマイアは廊下を指差した。「右手の最初のドアだ。きみがシャワーを浴びているあいだに着替えを持ってくるよ」

ケイティーは精いっぱい冷静を装い、ジェレマイアが指し示したほうへ歩いていった。一晩にこれだけ恥ずかしい思いをすればもうじゅうぶんだ。濡れ鼠《ねずみ》になってジェレマイアの家の玄関先に現れたと思ったら、胸を丸出しにして、おいしいそうな骨を見つめている犬のように彼を見ているところを目撃された。これ以上恥ずかしい思いをするのはごめんだ。バスルームに入ってドアを閉めるまでは、絶対にジーンズもショーツも脱がない。

「着替えを持ってきたら、わたしに渡して」

ジェレマイアはケイティーと一緒に居間から出ていった。「お湯がちゃんと出るかたしかめるんだよ」

ケイティーがうなずいてドアを閉めると、ジェレマイアは廊下を歩いてベッドルームへ向かった。部屋に入って濡れた衣類を脱ぎ、温かなスウェットスーツに着替えたとき、彼の手は震えていた。

ケイティーのブラウスとブラジャーを脱がせなければならないのは、本当に大きな試練だった。豊かな胸のふくらみと寒さのために張りつめている珊瑚《さんご》色の先端を見て、心臓麻痺《まひ》を起こしそうになった。彼女の体は男を夢中にさせる。ぼくの推測が正しければ、彼女はそのことに気づいていないようだが。

たいていの女性は、強風に吹き飛ばされるほど痩せていなければ魅力的でないと思っている。ジェレマイアは頭を振った。そんな女性を抱き締めたら、二つに折ってしまうかもしれない。そう、ぼくが好きなのは、ケイティーのようにふくよかで、体の曲線が美しい女性だ。

急に体が熱くなってきて、ジェレマイアは何度も深呼吸をして気持ちを落ち着かせた。そんなふうにケイティーのことを考えるのはよくない。ぼくは行きずりの恋を楽しめるが、彼女はきちんと所帯を持ち、子供を四、五人は産むタイプの女性なのだ。

ジェレマイアは顔をしかめ、たんすからもう一組グレーのスウェットスーツと厚手のソックスを取り出した。この数時間にいろいろなことがあり過ぎて、大事な問題を忘れていた。そもそもそれがきっかけとなって一連の出来事が起こり、ケイティーが泥だらけでポーチに倒れ込むことにつながったのだ。彼女は本気でぼくに子作りに協力してほしいと思っているのだろうか？

ジェレマイアは、親指に釣り針を突き刺す直前にケイティーから頼まれたことや、診療所での出来事を思い出した。ぼくはケイティーの話を誤解したのだと自分に言い聞かせようとした。しかし、待合室でケイティーの隣に座っているぼくを見たときのドクター・ブレーデンの反応から判断すると、聞き違いではなかったのだ。ああ、子作りに協力してほしいと頼んでいる女性の言葉を誤解する男などいないだろう？

廊下を歩いてバスルームへ戻りながら、ジェレマイアは心に決めた。ケイティーが服を着たら、ぼくのほうから少し質問してみよう。このおかしな状況の真相を聞き出して、ぼくは知らないのに、ほかの人間が知っていると思われることがなんなのか、突き止めよう。

バスルームのドアを軽くたたいたあと、ジェレマイアは耳をすました。なかから聞こえてくるのは勢いよく噴き出すシャワーの音だけだ。

ほんの少しドアを開けて流しの上に取りつけられた鏡を見ると、バスルームの片側にかけられたシャワーカーテンとケイティーのシルエットが映っていた。ジェレマイアはカウンターにスウェットスーツを置いたあと、居間に戻って彼女が現れるのを待つつもりでいた。

しかし、シャワー室の様子に注意を引きつけられたとたん、善意はどこかへ飛んでいき、ジェレマイアはその場に立ちつくした。不透明なシャワーカーテン越しにぼんやりとした姿が見えるだけだが、ケイティーが髪を洗うために腕を上げると、豊かな胸がぐいと持ち上がるのが見えた。たちまち彼の口のなかがからからになった。

ジェレマイアは頭を振って思考をはっきりさせると、すばやく向きを変え、ケイティーに気づかれて非難されないうちに急いで廊下に出た。そして、やはり自分はどこかおかしいのではないかと思いながら、キッチンへ行き、コーヒーをいれはじめた。ケイティー・アンドルーズの何がぼくをこんなにも混乱させるのだろう？　もっと大事な点は、どうしてこうなるのかということだ。

この年齢になればいろいろな経験を積んでいるし、女性の裸を見たことだって何度もある。だが、ケイティーは特別だ。彼女の体を見ると、口がきけなくなり、息が止まりそうで不安に駆られる。今までに見たのは胸だけだ。彼女の服をすべて取り去り、美しい曲線を描く艶《なま》めかしい体に手を這《は》わせ、彼女の秘密を知ることを許されたら、どうなってしまうのだろう?

「ジェレマイア?」

自分の名前を呼ぶ穏やかな声で現実へ引き戻され、ジェレマイアは深く息を吸い込んでから、居間に戻った。ケイティーは暖炉の前に座り、長い髪を指でとかしている。

「温まったか?」ジェレマイアはケイティーの向かい側にある椅子に腰を下ろした。

「ええ、おかげさまで」

しばらく二人のあいだに気まずい静寂が広がった。ジェレマイアはどうやって子作りの話を切り出そうかと考えた。その結果、機会が訪れるまで待つことにして、頭に浮かんだ二番目の疑問を口にした。

「ぼくを車から降ろしたあと、何があったんだ?」

ケイティーは顔をまっ赤にして目を閉じた。「車で川を渡っているときに、浅瀬に流れ込んだ何かを踏んだらしくて、タイヤがパンクしたの」ため息をつきながら頭を振る。「わたしは増水している川を歩いて渡るほどばかではないけれど、あのときはそれほど深くなっているとは思わなかったのよ」

ジェレマイアは心臓が止まりそうになった。「水のなかを歩いて戻ってきたのか?」

「ええ」ケイティーは下唇を嚙《か》み、さらに顔を赤らめた。「車から降りてタイヤを調べたころには、膝の上まで水が上がって、思ったより流れが速くなっていたの。それで浅瀬のまんなかまで来たとき、流れに足を取られて一メートルくらいの深さの水のなかに倒れ込んでしまったのよ」

そのあと起こったかもしれないことを想像して、ジェレマイアの胸が苦しくなった。ケイティーが下流に流されたら、滝に巻き込まれ二十メートル下の峡谷に落ちていたかもしれないのだ。

「ああ、ケイティー」ジェレマイアは身を乗り出した。「水温はかなり低いし、溺れていたかもしれない。もっと悪ければきみは――」

「パイニー・フォールから落ちていたかもしれない」つかの間、ケイティーは目を閉じた。「何かつかまるものはないかと探しながら水のなかでもがいていたとき、わたしも同じことを考えたわ」

大き過ぎるグレーのスウェットスーツを着て座っているケイティーは、あまりにも弱々しく見えた。ジェレマイアは彼女を抱き寄せたい衝動に駆られたが、懸命にこらえた。ふいに彼女から離れていたほうがいいと思い、立ち上がってキッチンへ歩いていった。

「コーヒーはどうだ？」

「いいわね。いただくわ」

ジェレマイアはキッチンの入り口で振り返った。

「砂糖かミルクは？」

「両方とも少しだけ」

「何か食べるか？　ハムとチーズがあったはずだ。サンドイッチくらいならできるよ」

「ありがとう。でも、あまりおなかが空いていないの」ケイティーがおずおずとほほえんだとたん、ジェレマイアの体のなかに不思議な感覚が湧きあがった。見かけと同様、ケイティーはまろやかな味がするのだろうか？

退却も勇気ある行為だ。そう判断したジェレマイアはキッチンカウンターの端に手を突いて数回、深呼吸をした。どうしてケイティーを抱き寄せて思いきりキスをしたい衝動に駆られるのか、その理由を突き止めなくては。

コーヒーを注《つ》いでいるとき、ジェレマイアは結論を出した。この一年間、女性との付き合いがなかったからに違いない。中東に派遣される前からまったたく女性に触れていない。もう一年ちょっとになるだろうか。それほど長く禁欲生活が続けば、少なからず影響が出るだろう。

めずらしく苛々《いらいら》している理由がはっきりして安心し、ジェレマイアはコーヒーの入ったマグカップを二個持って居間へ戻った。「ここには粉末のクリームしかないんだ。それでかまわないかな」

「ええ」ケイティーはマグカップを受け取ったものの、顔を上げない。

「けっきょく、これでよかったんだよ」ケイティーが今日の出来事を気にしていると思い、ジェレマイアは言った。「こうしてきみは無事なんだから」

「そうね」ようやく顔を上げてジェレマイアを見たとき、その美しい目は潤んでいた。「今日という日が来なければよかったのにと思ったことはある?」

「誰だってあるんじゃないかな」しだいにケイティーを引き寄せないようにするのがむずかしくなってくる。

「そうね。でも、今日はわたしにとって人生最悪の日だったわ」ケイティーは悲しそうにつぶやいた。

ジェレマイアは彼女の横に腰を下ろし、膝の上に腕を置いて両手でマグカップを持った。「どうしてそう思うんだ?」

「一日中、ばかなことばかりしているんですもの」

ケイティーはジェレマイアの手を指差した。「親指はまだ痛む?」

ジェレマイアは首を振った。「狙撃手に撃たれたときと比べたら、どうってことないよ」そのあと、二人とも黙り込んだ。これがいい機会だと判断してジェレマイアは切り出した。「どうして子作りに協力してほしいと頼んだ?」

その問いを口にしたとたん、ジェレマイアはもう少しうまい言い方をするか、せめてじょじょにその話題に触れればよかったと後悔した。まるで殴られでもしたかのようにケイティーが縮み上がったのを見て、自分がとんでもない間抜けになった気がした。

「あなたは誤解しているわ」ケイティーは弁解がましく言った。「わたしが言いたかったのは――」

「それなら、どうしてドクター・ブレーデンは、ぼくが健康証明書を取って精子を提供するために病院に来たと思ったんだ？」

ケイティーはゆっくりとマグカップを床に置いて、膝の上で両手を硬く組み合わせた。「そのことは忘れてくれるといいんだけど……」消え入りそうな声で言う。

ジェレマイアもマグカップを置き、手を伸ばしてケイティーの手をつかんだ。「それはむずかしいな。女性に子作りに協力してほしいと頼まれるなんて、日常的にあることではないからね」

ケイティーは手を引っ込めて立ち上がり、大きな窓のほうへ歩いていった。「簡単に説明できることじゃないのよ……」

ケイティーが二人のあいだに距離を空けたいと思っているのを感じて、ジェレマイアはそのまま暖炉の前に座っていた。彼女があんなことを頼んだのは、個人的な問題を抱えているからだろう。だが、協力を頼んだとき、彼女はぼくをその問題に巻き込んだ。今やそれは、ぼくにとっても個人的な問題だ。

「初めから話してみたらどうだ？」

ケイティーは深く息を吸い込んで肩をいからせ、迫り来る夕闇を見つめた。「今日の午前中、年に一度の定期健診を受けたの。そうしたら、もう時間がないことがわかったのよ」

ジェレマイアの心臓の鼓動が速くなった。ケイティーは健康上の重大な問題を抱えているのか？

「それで？」ケイティーが黙り込んでいるので、ジェレマイアは先をうながした。

ケイティーは振り返って彼と向かい合った。「ドクター・ブレーデンの話では、二、三年先には妊娠できなくなる可能性があるから、子供がほしいなら、すぐに作ったほうがいいんですって」

ジェレマイアは顔をしかめた。「女性がいつも出産年齢を気にしているのは知っているが、きみの場合、あと五、六年はそういうことにならないんじゃないか?」

「いいえ、なるのよ」ケイティーは打ちひしがれた表情を浮かべて暖炉のほうへ戻ってくると、炉床に座った。「うちの家系は早期閉経の傾向があるの。たいていの場合、三十六歳くらいで更年期が始まって、四十歳になったときにはもう子供を産めなくなるのよ」ちょっと間を置いてジェレマイアと目を合わせた。「先週、わたしは三十四歳になったわ」

頭のなかでケイティーの話を整理しながらジェレマイアは顔をしかめた。「きみにとってそれが問題なのはわかる。だが、この町にも適当な男が――」

「そもそもディクシー・リッジは小さな町だから、独身男性があまりいないのよ」ケイティーは彼の言葉を遮って言った。「いたとしても、ほとんどがこの件には不向きな人ばかりなの」

「どうして?」

「八十歳以上のおじいさんか、まだ幼稚園も出ていない坊やなんですもの」ケイティーは肩をすくめた。「残りの数少ない独身男性は婚約しているか、交際相手がいるわ」意味ありげな目つきでジェレマイアを見る。「わたしが子供を作りたいから精子を提供してほしいと頼んだら、その人たちの婚約者や恋人は反対するでしょう」

「精子バンクに行ってみたらどうだ?」ジェレマイアはききながら思った。どうしてケイティーは最初にその方法を検討しなかったのだろう?

「それは考えていないの」ケイティーの口ぶりからすると、本気で言っているようだ。「まるで通信販売のカタログで注文するような気持ちになるから。わたしは提供者がどんな人か知りたい。資料を読んで自分の子供が受け継ぐ特性を知るのはいやなの。実際にこの目で見たいのよ」

ジェレマイアは好奇心を抑えることができなかった。「それで、ぼくはきみが求めているものを持っていると思うのか?」

ケイティーはうなずき、ためらわずにジェレマイアの特性を挙げた。「あなたは背が高いし、体つきも申し分ない。どう見ても健康そうだし、かなりハンサムだわ」一息ついてから話を締めくくった。「そして、勇敢で、頭がよく、正直者よ」

「どうして頭がよくて正直者だと思うんだ?」ジェレマイアは彼女の評価に興味をそそられた。

「ハーブがみんなに話しているのを聞いたわ。あなたは立派な勲章を授与された海兵隊最先任上級曹長で、何度も中東に派遣されて、部隊を指揮したんですってね」ケイティーはにっこりした。「そんなあなたが臆病者だったり、頭が悪かったりするわけがないでしょう」

噂《うわさ》好きなハーブの首を絞めてやりたいと思いながらも、ジェレマイアはつい噴き出した。「最後の部分に異議を唱えそうな兵士を知っているけどね」

ケイティーは肩をすくめた。「事実は事実よ。あなたは自分の部隊の兵士を生きたまま任務先から連れ戻したんでしょう?」

「それがぼくの仕事だからね」ジェレマイアはうなずいた。「だが、それだけできみがぼくを正直者だと思う理由がわからないな……」

「あなたはランチ代を払わずに〈ブルーバード・カフェ〉を出ていってもよかったのよ」ケイティーはほっそりした手で口を隠してあくびをしたあと、頭を振りながらほほえんだ。「それなのに、ハーブにお金を預けて、注文は取り消すよう言い残していった。不誠実な人間ならさっさと出ていったでしょうから、わたしたちはできあがった料理を棄《す》てなければならなかったわ」

揺るぎない信頼感に満ちたアクアマリン色の目に見つめられ、ジェレマイアは息をのんだ。

冷静にこの状況を見て、自分が精子提供者にふさわしい人間ではない理由を考え出す時間が必要だ。そう思ったジェレマイアは、立ち上がって腕時計を見た。「もう九時を過ぎたし、きみもあくびをしている。そろそろ寝ようか？」廊下のほうを指差す。「きみはぼくの部屋を使うといい。ぼくはここのソファで寝るから」

「あなたのベッドを使うわけにはいかないわ」ケイティーも立ち上がった。「もうずいぶん迷惑をかけているんですもの。わたしがここで寝るわ」

「頼むからあっちで寝てくれ」ジェレマイアはケイティーの肩に手を置き、彼女の体をまわして廊下のほうに向かせた。

厚手のスウェットシャツを通してケイティーの体のぬくもりがジェレマイアの手に伝わってくる。美しい目には、彼を全面的に信頼している気持ちが表れている。ふいに体温が上昇し、心臓の鼓動が大きくなったので、ジェレマイアは彼女に聞こえるのではないかと心配になった。ケイティーはよく知りもしないぼくの誠実さを信じている。ハーブが言ったような立派な人間だと思っているのだ。海兵隊の外で誰かにこのように信頼感を示されたことはない。

思わずジェレマイアは、ケイティーを引き寄せて唇を重ねた。「きみが困っていることには同情するが、ぼくはきみが思っているような男じゃないんだ」

ケイティーが唇を開いて小さなため息をついたとき、ジェレマイアは〈ブルーバード・カフェ〉で彼女が膝にのったときからくすぶっていた熱い衝動についに屈した。すばやくケイティーの口に舌を滑り込ませて内部を探索する。彼女は想像していたよりもはるかに甘かった。ケイティーがためらいがちに応えると、彼の血圧は急上昇した。

支えが必要なのか、ケイティーが彼の肩に腕をまわした。ジェレマイアはためらわずに彼女を抱き締めた。たいていの女性はそれほど背が高くないので、やわらかな体が上体に押しつけられることはあまりない。ところが、ケイティーの体は彼の体にぴったりと重なった。たちまちジェレマイアの下半身がこわばり、頭がくらくらした。ケイティーは男性の証《あかし》が目覚めはじめていることを感じ取ったに違いない。ぴたりと動きを止めたかと思うと、身を引こうとした。

ゆっくりと唇を離したが、まだケイティーを抱いたまま耳元にささやきかけた。「今すぐぼくの部屋へ行ってくれないか」滑らかな首筋から肩にかけて唇を押し当てる。「さもないと、自分が信頼に足る紳士でいるべき理由を忘れてしまうかもしれない」

ケイティーを放して後ろへ下がったとき、ジェレマイアはそんなまじめな態度を取っている自分を心のなかで罵った。ケイティーの唇は濡れ、かすかに腫れている。クリーム色の肌は満たされない欲望のせいで赤く染まっている。ジェレマイアにとって、これほど美しい女性を見るのは初めてだった。

「ジェレマイア――」

「精いっぱい正しいことをしようとしている男を誘惑してはいけないよ」ジェレマイアはさらに一歩下がり、廊下のほうに顎を動かした。「さあ、ベッドに入るんだ」

アクアマリン色の瞳に困惑の表情が浮かんでいる。ジェレマイアは彼女を引き戻したい衝動と闘った。すると、ケイティーは向きを変え、急ぎ足でベッドルームに歩いていった。

ドアが閉まる音が聞こえたあと、ようやくジェレマイアは安堵《あんど》のため息をついた。ケイティーを放すのは容易ではなかった。実のところ、彼女と一緒にベッドに入り、一晩中、やわらかな体の感触を味わいたかった。

今にも折れ曲がりそうな脚を懸命に動かし、ジェレマイアは肘掛け椅子のほうに歩いていった。クッションの上にどっかりと腰を下ろすと、痛む膝をこすりながら消えかけている火を見つめた。どうしてケイティーはあんなにセクシーなのだろう？

彼女はぼくに対して気まぐれに信頼感を示しているわけではない。ああ、彼女は自分が男にどんな影響をおよぼしているか気づいてさえいないのだ。ぼくのキスに対する無邪気な反応から想像すると、彼女はベッドのなかで奔放に振る舞いはしないだろう。

それなのに、どうしてケイティーはあんなにも魅力的なのだ？

ジェレマイアは震える手で髪をかき上げた。いろいろな点でケイティーはぼくと正反対だ。彼女の人生はずっと安定しているが、ぼくは五歳のときに未婚の母親に捨てられ、その後、里親の家を転々とした。ケイティーは結びつきが密接な共同体の一員で、家族や友人にも恵まれている。ぼくにとって家族と言えるほど帰属意識を持てるところは海兵隊だけだ。それも二カ月前に失ってしまった。中東に派遣されていたあいだに膝を負傷し、医師から分隊長として職務を遂行するのは無理だと宣告されたあと、除隊することになったのだ。

ジェレマイアは深く息を吸い込んだ。こんな男をどうしてケイティーは自分の子供の有力な父親候補だと思うのだろう？

ケイティーはぼくのことをよく知らない。詳しく知ったら、自分の子供にぼくの遺伝子を受け継がせたいと思ったりしないだろう。ぼくは父親が誰なのかも知らない。母でさえ、どの若者が自分を妊娠させたかわかっていなかったのだろう。ぼくは両親の素性をほとんど知らないが、肉体的な特質だけでなく、健康問題や行動問題といったような劣性遺伝子を受け継いでいる可能性もある。

以前から子供は好きだが、父親になろうと考えたことはない。自分が知っている父親は里親だけだから、子供の人生において父親が果たす役割についてはさっぱりわからない。どの里親もぼくを月々の収入を補う手段としてしか見ていなかった。ぼくに住む家と食べ物を与えて学校へ行かせる代わりに、報酬を受け取っていたのだ。彼らが金をもらっていたのはぼくに愛情や思いやりを示すためではないし、父親はこうあるべきだという手本を見せるためでもなかった。

とはいえ、ケイティーは精子提供後も自分とかかわってほしいと頼んでいるわけではない。子供はほしいが、男との関係といった余計なものや、子育てを手伝おうとする父親の口出しはいらないのだ。

ジェレマイアは顔をしかめた。ケイティーの頼みを聞き入れたら、彼女は望んでいた子供を手に入れることができるが、ぼくは子作りに協力したという事実以外に何を得るだろう？

昔ながらの方法で子供を作ろうと言って、ケイティーのような女性が相手では考えられない役得を楽しんでもいい。とはいえ、気持ちをそそられるものの、それほど冷淡になることもできない。

椅子から立ち上がって、マグカップをキッチンに運んでいく途中、ジェレマイアは考えた。どうすればケイティーは精子バンクに行くことを考えてくれるだろう？　ほとんど知らない男に自分の子供の父親になってくれないかときいてまわるより、精子バンクを利用して妊娠したほうがずっと安全だ。子作り計画に協力してほしいと頼まれたら、ばかな男なら何をするか知れない。それを考えると、ぞっとする。

ジェレマイアは居間に戻ってソファに寝そべったが、ケイティーがほかの男に抱かれ、誰かの子供を身ごもるかと思うと、どうしてはらわたが煮えくり返るのかについては考えたくなかった。彼はソファのクッションを殴りつけて悪態をつき、横向きになって暖炉の火を見つめた。

なんとかケイティーを説得して精子バンクに行かせ、これ以上ぼくにかかわらないようにしなければならない。

4

カーテンの隙間から差し込む光を浴びてケイティーは目を覚ました。そして、伸びをしながらあたりを見まわした瞬間、心臓が止まりそうになった。ここはどこ？　わたしの家のベッドルームではない。重厚感のあるオーク材の家具といい、濃い緑色の寝具といい、アウトドアをテーマにした絵といい、間違いなく男性の部屋だ。

だが、森林のような男らしい香りに気づいたとたん、昨日の出来事がいっきによみがえってきた。ジェレマイアに子作りに協力してほしいと頼み、親指に釣り針を突き刺した彼を〈ディクシー・リッジ・クリニック〉まで連れていったこと。氷のように冷たい川に倒れ込んだあと、上半身を裸にされたこと。これ以上、子作りを先延ばしにできない理由を説明するようなばかな真似《まね》をしたこと。

「ああ、どうしよう。あれは夢じゃないんだわ」ケイティーはつぶやきながら分厚い羽毛布団の下に潜り込んだ。すると、森林のような香りに包み込まれ、ジェレマイアと交わしたキスが思い出されて、頭のなかからほかの考えはすべて消え去った。

ああ、あの人の唇はとても危険だ。しかも彼は、自分の唇に重ねられた彼の唇の感触を思い出して身震いした。引き締まった唇は楽々と動きまわり、甘い舌でわたしの口のなかを探索した。ジェレマイアに抱き寄せられ、下腹部に男性の高ぶりを押しつけられたことを思い出して、彼女の全身がじわじわと熱くなり、体の奥がうずきはじめた。

ケイティーはぱっと目を開けた。ああ、いったいどうしたというの？ キスをしたことがないわけでもあるまいし。彼女は指先で唇に触れた。けれど、正直な話、キスをしたことを思い出しただけでこんな高揚感に襲われた経験はない。

ケイティーは羽毛布団をはねのけてベッドから出ようとした。だが、ベッドの足元に置かれた海兵隊のTシャツと、洗濯されてきちんとたたまれた自分の衣類が目に入ったとたん、ぴたりと動きを止めた。ジェレマイアがジーンズと下着を洗濯しておいてくれたのだ。

ケイティーは恥ずかしさで顔をまっ赤にした。心臓があまりに激しく打つので、深呼吸を数回しなければならなかったほどだ。昨夜、ジェレマイアはわたしの胸を見て、今朝はわたしのショーツを洗濯した。この悪夢に終わりはないのかしら？

ジェレマイアと顔を合わせずに小屋から抜け出す方法はないだろうか？ そう思いながらケイティー

は急いでスウェットスーツを脱いで自分の服に着替えた。Tシャツを頭からかぶったとき、またしても森林の香りに包まれて心臓が止まりそうになった。

ケイティーは心のなかで祈った。どうかジェレマイアとでくわさずに自分の車までたどり着き、タイヤを交換してディクシー・リッジへ戻れますように。それができたら、二度と昨日のような衝動的な行動は取らないと約束します。よく知りもしない男性に、精子提供者になってほしいと頼むためにパイニー・ノブまで来るなんて、いったい何を考えていたのかしら？

ケイティーはドアを開けておずおずと廊下へ出ていくと、ジェレマイアの居場所を知らせてくれる物音がしないかと耳をすました。しかし、聞こえるのは居間のマントルピースの上に置かれた年代物の時計の音だけだ。

もしかしたら、ジェレマイアは釣りに行っていて、顔を合わせる心配はないのかもしれない。これ以上恥ずかしい思いをすることはないと確信し、ケイティーは玄関ドアを開けてポーチへ出ていった。

「服を見つけたようだね」

一瞬、ケイティーの心臓が止まったかと思うと、ふたたび大きな音をたてて鼓動しはじめた。「え、ええ。ありがとう」

ポーチの端に置かれたベンチに座り、ジェレマイアが釣り針に羽毛を巻きつけている。「新しいタイヤを買わなければならないようだ」彼がオートバイの近くに止められているSUV車を指差した。「タイヤを交換したとき、サイドウォールに大きな裂け目を見つけたよ。増水で流された大枝を乗り越えたときに、先端がタイヤに突き刺さったんだろう」

「たぶんそうでしょうね」ケイティーは少しずつ階段のほうに動いていった。この男性の前でまた恥をかかないうちに、ここから立ち去らなくては。「いろいろとありがとう。でも、もう失礼するわ。これ以上迷惑をかけたくないから」

「もう少しここにいて、ぼくが決めたことを聞きたくないか？」

「どんなこと？」ケイティーは用心しながらたずねた。ジェレマイアの表情からは何も読み取れないが、彼の口調に警戒心を抱いた。

「きみの子作りの問題だよ」ジェレマイアは穏やかに言った。

勢いよく振り返った拍子に、ケイティーはもう少しでポーチの端から落ちそうになった。「でも、あなたは――」

ジェレマイアは肩をすくめた。「よく考えた結果、気が変わったんだ」作っていた毛鉤《けばり》を目の前にある小さなテーブルに置くと、それを邪魔にならないところへどかして立ち上がった。「なかに入ろう。コーヒーを飲みながら話すのはどうかな？」

さっきからケイティーの胸は激しく鼓動していたが、今の激しさは比べものにならない。キッチンのテーブルに着いたころには、ジェレマイアという人間がよくわからなくなっていた。

「子作りに協力してくれるの？」ケイティーは用心しながらきいた。

ジェレマイアはコーヒーを一口飲んでからマグカップを置いた。「一晩中、そのことを考えていたんだが、きみが同意するなら協力するよ」

「同意？」ケイティーはその言葉の響きが気に入らなかった。「何に同意するの？」

「ぼくは共同親権がほしい」ジェレマイアは左の親指を包んでいるガーゼの上に巻かれたテープをなでた。それからケイティーを見て肩をすくめる。「ぼくにとってその子は唯一の実子ということになる。ぼくも息子の人生にかかわりたいんだ」

「あるいは、娘でしょう」ケイティーは言い直した。

「五十パーセントの確率で、女の子が生まれる可能性もあるのよ」

ジェレマイアがほほえむと、ケイティーの体に鳥肌が立った。「たしかにきみの言うとおりだ」

ケイティーは下唇を噛《か》みながらジェレマイアの話を考えた。これは不当な要求ではない。ただ、彼も子育てにかかわりたいかもしれないという考えはわたしの頭に浮かばなかった。

「その問題は解決できるかも――」

ジェレマイアは片手を上げた。「同意する前に最後まで話を聞いてくれ」

「まだ条件があるの？」ケイティーはいぶかるようにきいた。

「もう一つだけある」

ジェレマイアの表情を見てケイティーはなんとなく不安になった。「どうして次の要求は受け入れられないような気がするのかしら？」

ジェレマイアは肩をすくめた。「それは聞いてみないとわからないよ。気に入るかもしれない」

またしても腕に鳥肌が立った。あらゆる本能がすぐさま向きを変えて全速力で駆け出すよう命じている。けれど、ケイティーはそうはせず、おそるおそるたずねた。「どんなこと？」

「きみの子作りに協力するなら、昔ながらの方法でしたい」ジェレマイアは穏やかな口調で言った。

ケイティーははっと息をのんだ。「つまり、わたしたちは――」

ジェレマイアはうなずいた。「きみが妊娠するまでベッドをともにするんだ」

ケイティーは椅子から立ち上がると、キッチンを端から端まで行ったり来たりしはじめた。子供がほしいなら、ジェレマイア・ガンと肉体関係を持たなければならないというの？

ジェレマイアに抱かれ、自分の体の奥深くに彼を迎え入れるかと思うと、ケイティーの背筋に震えが走り、下腹部が張りつめた。これはいい徴候ではない。まったくよくない。

　ジェレマイアとベッドをともにすると考えただけでこんな感覚が湧き上がるのに、感情的なかかわりを避けることなどできるだろうか？　二人の人間が協力して新しい命を生み出したら、新たな結びつきが生まれるのではないかしら？　生涯にわたる関係のようなものが。

　ジェレマイアを説得して、そんな危険を冒すのは賢明ではないとわかってもらおう。「そんなことをする必要はないわ。もっと効率がよくて単純な方法は、あなたが診療所に行って――」

「だめだ」ジェレマイアは椅子から立ち上がり、ケイティーのほうへ歩いてくると、彼女の前に立った。そして彼女の肩に手を置いてじっと目を見つめる。「ぼくの体は正常に機能しているから、自力で受精させることができる。ドクター・ブレーデンは気を悪くしたりしないと思うが、彼の力を借りるのは受胎のときではなく、妊娠後と出産のときだけになるだろう」

　ケイティーは顔をまっ赤にしながら深く息を吸い込んだ。「本当に考えを変えるつもりはないの？」

「ああ」

　ケイティーは急に痛みはじめたこめかみを揉《も》んだ。「それはわたしが計画していたこととまったく違うわ。だから、返事をする前によく考えなくては」

　ジェレマイアはほほえみながら大きな手をケイティーの頬に当てた。「そうするといい」身を乗り出して軽くキスをした。「時間をかけてじっくり考えるんだ。きっと正しい決断を下せるはずだよ」

　ジェレマイアはケイティーの肩から背中のほうへ手を動かすのと同時に唇を重ね、巧みな動きで彼女の唇を開かせようとした。ケイティーが目を閉じて敏感な内部への侵入を許すと、またしても彼はキスの達人であることを証明した。

穏やかなキスを続けつつ、ジェレマイアはケイティーの腰を引き寄せて二人の体をぴったりとくっつけた。やわらかな下腹部に硬くなったものが押しつけられたとたん、ケイティーは膝が震えはじめ、彼のウエストに腕を巻きつけた。

ケイティーがおずおずと舌先で舌に触れると、ジェレマイアの胸の奥から悩ましげな声が漏れたので、彼女は歓《よろこ》びに身を震わせた。ジェレマイアはケイティーの体を少し持ち上げ、腿のあいだに片脚を滑り込ませた。すると、秘めやかな部分に熱い感覚が湧き上がってきて、彼女は体が燃え上がるのではないかと思った。自分が溶けてなくならないよう、ジェレマイアにしがみつく。心臓は壊れたように鼓動している。彼が片脚を動かして甘美な摩擦を生み出すと、ケイティーは呼吸ができなくなりそうだった。

その強烈な感覚はすばらしくもあり、怖くもあった。

情熱が恐怖に変わりはじめたので、ケイティーは硬い胸を押しやった。ジェレマイアが出した条件に同意したらどういうことになるのか、よく考えるためには、彼から離れなければならない。

ジェレマイアがゆっくりと唇を離すと、ケイティーはすばやく身を引いた。「わたしは……仕事があるから……」

ジェレマイアは薔薇《ばら》色に染まった頬にかかる髪を払いのけた。「自分が何を望んでいるのか、ぼくが何を要求しているのか、よく考えるんだ」身を乗り出して額に唇を押し当てる。「自分がどうしたいのか確信が持てたら、いつでも返事をくれ」

もし口をきくことができたら、ケイティーはほかのことは何も考えられないと答えただろう。けれど、そうはせずにくるりと向きを変え、一度も振り返らずにその場から立ち去った。

パイニー・ノブからの帰り道、ケイティーはヘアピンカーブを運転することに集中し、ジェレマイアの提案は考えないようにした。彼は子供を産むというわたしの夢をかなえてくれようとしているけれど、その代償を払うことができるのかどうかよくわからない。彼のキスに対するわたしの反応から判断すると、つねに冷静な判断を下し感情的にかかわらないようにするなど、まったく不可能に思える。

ケイティーは深いため息をつきつつ、自宅の私道に車を止めた。そして、ダッシュボードにある小物入れに手を突っ込み、昨日、ドクター・ブレーデンからもらったパンフレットを取り出した。〈ランカスター精子バンク〉を利用するのも思ったほど悪い方法ではないのかもしれない。

数日後、〈ブルーバード・カフェ〉に入っていくとき、ジェレマイアは二つのことを考えていた。一つは、親指の傷が治るまでのあいだ、ハーブが新しい毛鉤を試したいかどうかきいてみること。二つめは、ケイティーの様子を見ることだ。この数日間、ふと気がつくと、山を下りてハーブと昼食をとる時間になるのを心待ちにしていた。そして日ごとに、自分の店を手伝ってくれる人間が見つからないとこぼすハーブの話に耳を傾ける時間は減り、ケイティーを観察する時間が増えていった。

あの朝、パイニー・ノブ・マウンテンの小屋を出てからというもの、ケイティーは注文を聞いて料理を出すとき以外はジェレマイアを避けている。二人が話し合う前は一晩中、父親候補からはずしてもらう方法を思案していたことを考えると、ジェレマイアは喜んでもいいはずだ。どう見てもあの作戦は成功したと思われるのに、どうしてこんなに苛立《いらだ》つのだろう？

「いつまでケイティーを見ているんだ？　いかにも

あの娘にくらいつきたいという目つきをしているじゃないか。さっさとデートを申し込んで片をつけたらどうなんだ？」

ジェレマイアがハーブに注意を戻すと、年配の男性はにやにや笑っている。「なんの話だ、ハーブ？ぼくはケイティーにもほかの女性にもまったく興味はないよ」

「そうだろうとも」ハーブは椅子から落ちそうなほど笑いころげた。「なんとでも言うがいいさ」

「彼女はぼくの好みのタイプじゃない」〈ブルーバード・カフェ〉にいるほかの客が振り返って二人を見ているので、ジェレマイアは目の前の男性の首を絞めたい衝動をやっとのことで抑えた。

「何がそんなにおかしいの、ハーブ？」ケイティーがにこにこしながら近づいてきた。

「ジェレマイアがちょっとしたことを言ったもんでね」ハーブは目を拭った。そして顔をまっ赤にしてジェレマイアの肩をたたく。「ときどきこの男は底抜けにおもしろくなるんだよ」

ジェレマイアはますますテーブルの反対側にいるハーブの首を絞めたくなった。だが、そうはせずに作り笑顔を浮かべた。「今日、冗談ばかり言っているのはハーブのほうだよ」

ケイティーはうなずきながらジェレマイアを見たが、たちまち顔から笑みが消えた。「今日は何にするの、ジェレマイア？」

どうして急にケイティーの気分の変化が気になるようになったんだ？ ジェレマイアは心のなかで自分に問いかけた。それを望んでいたんじゃないのか？ あんな提案をしたのは、ケイティーを怖がらせて追い払うためだったんだろう？

「日替わりランチとアイスティーを頼むよ」ジェレマイアは答えた。

ケイティーは注文を書き留めたあと、向きを変えて立ち去った。だが、急に思い出したかのように、振り返らずに言った。「料理ができるまで少々お待ちください」

自分たちの話が聞こえないところへケイティーが行くや、ハーブは驚いたような表情でジェレマイアを見つめた。「ケイティーをあんなに怒らせるなんて、いったい何をやらかした?」

「どうして彼女がぼくに腹を立てていると思うんだ?」ジェレマイアは用心しながらきいた。

ハーブは首を振った。「わしは生まれたときからケイティーを知っている。あの子がいつもと変わらないというなら、この首を差し出してもいいよ」つかの間、物思いにふけるような表情をした。「この数日間、ケイティーはいつも不愉快そうな目つきでおまえさんを見ているじゃないか」

ジェレマイアが反論する間もなく、ケイティーが戻ってきてフライドチキンとマッシュポテトと、さやいんげんが盛られた皿をテーブルに置き、何も言わずに立ち去った。

「ほら、わしの言いたいことはわかるだろう?」ハーブがきいた。「ケイティーは料理を出すときに必ず〝どうぞごゆっくり〟と言うんだ。だが、今は何も言わなかったじゃないか」

「ほかのことに気を取られていたんだろう」ジェレマイアは曖昧に答えた。〝ほかのこと〟がなんなのかよくわかっているが、ハーブに教えるつもりはない。

ハーブはいぶかしげな目つきでジェレマイアを見たが、それ以上話すのは控え、フォークを取って料理を口に運びはじめた。

ハーブに邪魔されずに物思いにふけることができるようになったので、ジェレマイアはほっとした。カウンターの後ろで動きまわるケイティーを見つめながら、グレービーソースのかかったマッシュポテパイを一口食べた。いつもはおいしい料理なのに、今日はおがくずを食べているような気がする。

どうしてケイティーに無視されていることに苛立つのだろう？　子作りに協力する代わりにあんな条件をつけたのは、こうなることを見越していたからじゃないのか？

あの作戦を考えたとき、ケイティーはぼくの条件を受け入れられないはずだと思った。彼女は知っている人間に子供の父親になってもらうという考えを捨て、精子バンクの助けを借りて問題を解決するだろうと。あの朝、ケイティーが逃げ帰ったのを見て、目的は達成できたと確信した。しかし、彼女がぼくに恨みを抱くとは思っていなかった。

「わしの話を一言も聞いとらんな？」ハーブの言葉がジェレマイアの物思いを中断させた。

「すまない、ハーブ」ジェレマイアは目の前の男性に注意を向けた。「今、なんて言った？」

「どこかに落ち着くことを考えているのかどうかときいたんだよ」ハーブは空の皿を脇へ押しやり、ブラックベリー・パイの入ったボールに手を伸ばした。「レイ・アップルゲートは今でもあの小屋を売りたがっているぞ」

「その話は何度も聞いたよ」ジェレマイアにしてみれば、自分に対するケイティーの態度についてあれこれ言われるよりも、自分をディクシー・リッジに住み着かせようとする話を聞いているほうが楽だった。

「レイがあそこをいくらで売りたがっているかきいたのか？」ハーブはパイをほおばりながらたずねた。

ジェレマイアは首を振った。「しばらくあそこで暮らすと決めたら、きいてみるよ。だが、あくまでも決めてからの話だ」

ジェレマイアはケイティーの一挙一動を見守っていたので、すぐに自分のほうに彼女の注意が向けられたのを感じた。彼女はれたことに気づいた。二人の目が合った。ケイティーはカウンターの後ろにある窓口越しに料理人に何か言ったあと、ジェレマイアのほうへ歩いてきた。

「ありがとうございました」ケイティーはテーブルに二枚の勘定書を置いた。「では、また明日」困ったような表情を浮かべ、もっと何か言いたそうにちょっとその場にたたずんだが、すぐに頭を振り、次のテーブルへ移っていった。

「さて、そろそろ仕事に戻ったほうがよさそうだ」ハーブは椅子を後ろに押しやった。「明日の朝いちばんに初心者向けのキャスティング教室があるから、準備をしておかなければならないんだ」椅子から立ち上がる。「ひょっとして、毛鉤の作り方を教える仕事をしたがっている人間を知らんか？」

ハーブの言いたいことは火を見るよりも明らかだ。彼はジェレマイアに〈パイニー・ノブ・アウトフィッターズ〉の共同経営者になる気はないかときいているのだ。

「知らないな。でも、そんな人間に出会ったらすぐに知らせるよ」ジェレマイアはくすくす笑った。そしてハーブに続いて立ち上がろうとしたが、肩に軽くのせられた手に気づいて動きを止めた。

「もう少しお店が空くまでここにいてくれないかしら？」ケイティーがジェレマイアの耳元でささやいた。「話があるの」

ジェレマイアは凍りついたように動けなくなった。それがケイティーからこっそりとそんなことを頼まれたせいなのか、Tシャツの生地を通してやわらかな手のぬくもりが伝わってくるせいなのかわからない。肩越しに振り返った瞬間、彼はうめき声をあげそうになった。ケイティーの顔はすぐ近くにあった。少し体をまわして身を乗り出したら、二人の唇は触れ合いそうだ。

「時間はかからないわ」ケイティーはちらりとハー

ブのほうを見た。ハーブが噂《うわさ》好きなのは周知の事実なので、ケイティーも彼の注意を引きたくないらしい。

ケイティーがもう自分を無視したり、一目散に逃げ出したりしないことを喜ぶべきかどうか決めかねたまま、ジェレマイアはうなずいた。「わかった。もう少しいるよ」

ケイティーが立ち去ったあと、ハーブが振り返ってジェレマイアに声をかけた。「おまえさんも帰るんじゃないのか？」

急いで言い訳を考えながらジェレマイアは首を振った。「さっきあなたが食べていたパイがうまそうだったから、ぼくも試してみようと思ってね」

「あれはおすすめだよ」ハーブは顔をほころばせた。「ヘレンが作るブラックベリー・パイは最高だ」ハーブはレジのほうへ歩いていきながら、ほかの常連客に向かって手を上げた。「それじゃ、また」

ハーブが去ったあと、ほどなく混み合っていた店内は空きはじめ、残っている客はジェレマイアのほかに二人だけになった。ケイティーは何度かジェレマイアのほうへ目を向けたあと、意を決したようにカウンターの端をまわって彼のテーブルに近づいてきた。

「お待たせしてごめんなさい」ケイティーは彼の向かい側の椅子に腰を下ろした。

ジェレマイアは肩をすくめた。「いいんだよ。いったいどんな話なのかな？」

「あなたの……提案をよく考えて結論を出したの」ケイティーはテーブルの上で両手を組み合わせ、しっかりと握った。深く息を吸い込んだあと、顔を上げてジェレマイアと目を合わせる。「わたしが何よりも子供をほしがっているのはわかっているでしょう。でも――」

ケイティーがちょっと間を置いてまた息を吸い込

むと、ジェレマイアは片手を伸ばして彼女の手の上に置いた。ざらざらするてのひらの下にあるやわらかな肌の感触が、彼の体内に不思議な影響をおよぼす。ジェレマイアは彼女とベッドをともにできないことを残念に思った。

「いいんだよ」ジェレマイアは声を大きくしないよう注意しながら言った。「きみがぼくの提案を断るのも当然だ」

そのとき、ケイティーが向けたまなざしにジェレマイアははっとした。「それはわたしが言おうとしていたこととは違うわ」

とつぜん喉に砂が詰まったような感じがしたので、ジェレマイアは何度もつばを飲み込んでから言葉を絞り出した。「それじゃ、何を言おうとしているんだ?」

「わたしは何よりも子供がほしいと思っているけれど、やっぱり精子バンクに行く気にはなれないということよ」ケイティーが恥ずかしそうに顔を赤らめてほほえむと、心臓がものすごい勢いで鼓動しはじめたので、ジェレマイアは破裂するのではないかと心配になった。「ほかに方法がないから、あなたの提案を受け入れることにしたわ」

「ぼ、ぼくの条件をのむと言うのか?」ジェレマイアはしわがれた声で言った。

ケイティーはうなずいた。「ええ。あなたが子供の親権を持つことにも同意するし……」赤く染まった顔がジェレマイアを魅了した。「妊娠するまであなたとベッドをともにするわ」薔薇色の頬がなおいっそう赤くなる。「いつから始めましょうか?」

5

ケイティーとベッドをともにできることに感謝したらいいのだろうか？　それとも、自分がしかけた罠《わな》にはまったことに腹を立てるべきなのか？　ジェレマイアにはわからなかった。いずれにしろ、自分の出した条件に彼女が同意するとは夢にも思っていなかった。

「ケイティー、ミス・ミリーとホーマーの会計をしてくれない？　あたしはここを片づけるから」厨《ちゅう》房《ぼう》から料理人が呼びかけた。

「この問題をもっと話し合いたいけれど、閉店の準備をしなければならないの」ケイティーは椅子から立ち上がった。「夕方、会えるかしら？」

ジェレマイアはうなずきながら立ち上がり、ケイティーのあとについてレジへ向かった。とにかくしばらく一人になりたい。この数分間に起こったことをきちんと理解するには時間が必要だ。それに、自分が追い込まれた窮地から抜け出す方法を考えなければならない。

「何時に出られる？」ケイティーが高齢の男女を見送ったあと、すぐさまジェレマイアはきいた。ポケットから紙幣を取り出してケイティーに渡し、彼女が釣りを返そうとすると首を振った。「取っておいてくれ」

「朝食と昼食の時間帯にしかお店を開けていないから、たいてい三時には出られるわ」ケイティーはカウンターの上に置かれた広口瓶にチップを入れた。そしてジェレマイアを骨抜きにさせる笑顔を見せた。「そのあとならいつでも大丈夫よ」

ジェレマイアはうなずくと、戸口へ向かって歩き出した。「じゃあ、そのころにまた来るよ」

〈ブルーバード・カフェ〉を出てハーレーダビッドソンにまたがり、ジェレマイアは腕時計を見た。考えることは山ほどあるが、あと二時間しかない。

オートバイを駐車場から出してしばらく走ると、パイニー・リバーに架かる橋を渡りながらジェレマイアは考えた。ぼくの作戦はどこがまずかったのだろう？　どうしてこんな面倒なことに巻き込まれてしまったんだ？　ぼくの出した条件を聞いたらケイティーはきっぱりと断るものと思っていた。ところが、そうではなかった。

ジェレマイアの額に汗が噴き出した。女性とベッドをともにするときは、いつも妊娠させないようきちんと予防策を講じていた。本当に妊娠させることを目的にしてケイティーとベッドをともにする覚悟ができているのか？

ケイティーを抱き、彼女の情熱をかき立て、歓喜の頂点へ送り届けるか思うと、下腹部がこわばってきた。ジェレマイアはオートバイを道路の端に寄せてエンジンを切り、ディクシー・リッジを取り囲む美しい山々を眺めながら思いを巡らせた。

なんの感情も持たずにケイティーを抱くことができるのだろうか？　彼女のなかで自分の子供が育っていることを知りながら、客観的に物事を判断できるのか？

子供はどうする？　子育ては大きな責任を伴うが、そんなものを引き受けるつもりはないだろう。そんな深いかかわりを持つ覚悟はできているのか？

ケイティーはすばらしい母親になるだろうし、ぼくの母親がしたようなことは絶対にしないだろう。だが、今まで手本となる人間がいなかったことを考えると、ぼくはいい父親になれるだろうか？

ジェレマイアは深く息を吸い込むと、オートバイのエンジンを始動させた。一時間前と同様、今も答えは出てこない。

しかし、ぼくは取り柄はなくとも約束を守る男だ。自分の条件に同意するなら子作りに協力するとケイティーに言った。自分が巻き込まれる状況を考えると怖くて仕方ないが、いったん約束した以上、そうするつもりだ。

そうなると、残された問題は、いつ、どこで始めるかということだけだ。

ケイティーが〈ブルーバード・カフェ〉のドアを閉めて鍵をかけたとき、道路を走ってくるオートバイの音が聞こえた。その瞬間、胸の鼓動が速くなった。あれは間違いなくジェレマイアだ。ディクシー・リッジでオートバイを持っている男性はほかに二人いるけれど、ジェレマイアのオートバイの音はほかのオートバイとは違うし、かなり遠くからでも聞こえる。

ジェレマイアは駐車場にオートバイを入れてエンジンを切ったが、サングラスをはずそうとしない。

「準備はいいか？」

ケイティーはどきっとした。「なんの準備？」まさかジェレマイアが言っているのは……。

「二人きりで話がしたければ、ぼくの家へ行ったほうがいいんじゃないか」ジェレマイアはケイティーに手を振っている二人のほうへ顎を動かした。二人は通りの反対側にある診療所へ入っていく。「ぼくたちが例の取り決めについて話をしているあいだ、誰かに聞かれたくないだろう」

「ええ、もちろん」ケイティーはうなずいた。「しばらくこの件は秘密にしておきたいわ」どうしてそのことを考えなかったのかしら？

ジェレマイアはケイティーの頭を指差す。「髪を束ねるものは持っているか？」

ケイティーはポケットから仕事中に使っているシ

ユシュを取り出し、長い髪をまとめてポニーテールにした。「ウエートレスの制服やワンピースではなく、ジーンズとTシャツで仕事をしていてよかったわ。さもないと、あなたのバイクに乗るのはちょっとむずかしいでしょうね」

ケイティーは意味のないことをぺちゃくちゃしゃべっているが、自分ではどうすることもできなかった。三十四年間生きてきて、今ほど興奮したことも緊張したこともないのだから。

ケイティーが髪を束ねると、ジェレマイアは細い革製のシートにくくりつけられたヘルメットをかぶるよう身ぶりで示した。「バイクに乗って足をこの上に乗せて」オートバイの両側にある艶《あで》やかなクロームム製のフットレストを指差した。「それから、ぼくの腰につかまるんだ」

ジェレマイアがハンドルを握ってエンジンをかけたので、ケイティーは彼のウエストにゆったりと手を当てた。だが、ハーレーが動き出したとたん、彼の体に両腕をまわし、広い背中に体を押しつけ、必死にしがみついた。

最初はエンジン音がうるさくて何も考えられなかったが、町を出てパイニー・ノブの山腹を走る道路に入ったころには、想像していたほど怖くないと思った。たくましい体にしがみつきながら、ジェレマイアがやすやすと大きなオートバイを操る様子を観察しているうち、緊張がほぐれて楽しくなってきた。顔に当たる風や身を寄せている大きな体のぬくもりが心地よい。二十分後、ジェレマイアの小屋のそばでオートバイが止まったときには、もう終わりなのかとがっかりした。

ジェレマイアはエンジンを切り、ケイティーがヘルメットを脱いでオートバイから降りるのを見とどけたあと、ブーツのかかとを使ってスタンドを下ろした。「バイクに乗るのは初めてなんだね?」

ケイティーはうなずいた。「ええ、どうしてわかるの?」

ジェレマイアは笑いながら脇腹をなでた。「どうやらあばら骨にひびが入ったらしい」

「お願い、冗談だと言って」ケイティーは冗談だと思いながらも、ジェレマイアと二人きりになると急に不安にかられ、いつものユーモアのセンスは影をひそめた。

ジェレマイアは笑うのをやめてオートバイから降り、ケイティーの頬に大きな手を当てた。「気を楽にして。ここに来たのは話をするためだ。二人の取り決めを話し合って、問題を解決するまでは何も起こらない」

「問題ですって?」ケイティーは困惑気味にきいた。「あなたが出した条件ははっきりしていたし、わたしは同意したわ。あれで全部じゃないの?」

「ああ」ジェレマイアはケイティーの背中に手を当ててポーチのほうへ連れていった。「きみを妊娠させるために、いつ、どこで、どれくらいの頻度でベッドをともにするか、決めなければならないだろう」

ケイティーは頭のてっぺんから爪先まで真っ赤になった。今朝、決めたのはジェレマイアの条件に同意することだけだ。彼はどんなことを話し合わなければならないか率直に言ったけれど、そんなことまで思いつかなかった。だが、彼の言うとおりだ。ベッドをともにする回数について話すのは恥ずかしいが、細かな点を話し合わなければならない。

「この話を進める前に知っておいてほしいことがある。左膝の軟骨がいくつかなくなっている点は別として、ぼくはすこぶる健康だ」ジェレマイアはケイティーと一緒にポーチの階段を上った。「一年以上女性関係はないし、その前もつねに避妊具を使うよう心がけていた。だが、きみが検査をしてほしいと言うなら、そうするつもりだ」

「い、いえ、その必要はないわ」ジェレマイアは、わたしが思いつかなかったことをすべて考えているようだ。彼にきく間を与えず言い添える。「万が一心配しているといけないから言うけれど、わたしも健康よ」

ポーチのぶらんこに並んで座ると、ジェレマイアはケイティーの肩に腕をまわした。「これはあくまでもきみしだいなんだが、ぼくはここでベッドをともにしたほうがいいと思うんだ。ここなら二人きりになれるし、きみの隣人たちに何が起こっているのかと不思議がられる心配もないからね。最初のうちはそれで噂《うわさ》の種になるのを抑えられるかもしれないが、きみのおなかが目立ちはじめたら、どうやって噂の火を消したらいいのかわからないな」

「それは問題ないわ」ケイティーはポーチの端に設置された赤い餌箱のまわりを飛んでいるはちどりを見つめた。ジェレマイアはわたしよりも深くこの問題を考えているようだが、わたしだって妊娠したとき、みなになんと言うかくらいすでに考えている。「本当のことを言うだけよ。手遅れになる前に子供を作ることにした、と」

ジェレマイアは男らしい長い指をケイティーの指に絡ませてそっと手を握り締めた。「それは〝二人で〟決めたことだと言おう。きみに全責任を負わせるつもりはない。きみのアイデアかもしれないが、生まれてくる赤ん坊はぼくの子供でもあるんだからね。これからは二人でこの問題にかかわるんだ。いいね?」

横を向いてジェレマイアの顔を見つめたとき、ケイティーはチョコレートブラウンの目に漂う固い決意に気づいた。「ありがとう」

「ほら、それほどむずかしいことではなかっただろう?」ジェレマイアの笑顔を見てケイティーの胸に温かい思いが広がった。「では、次の質問だ。いつから始めたい？」

　ケイティーは深く息を吸い込み、また顔を赤らめた。「そうね……早ければ早いほどいいわ。妊娠のマニュアル本を買ったのだけど、妊娠可能日というのがあるのよ。わたしは毎朝、体温を測って表にしているから、いつがいいのかは――」

「記録を取ることは忘れるんだ」ジェレマイアは首を振りながらケイティーの手を放すと、彼女を自分のほうに向かせてやわらかな体に腕をまわした。「これからも表やグラフを書くつもりなら、精子バンクに行ったほうがいい」

「でも、マニュアルには――」

「マニュアルなんて忘れろ」ジェレマイアは軽くキスをした。「そんな味けない方法できみを妊娠させたら、セックスの楽しみが奪われてしまうじゃないか」

　ケイティーの背筋を戦慄が走った。「た、楽しみですって？」

　ジェレマイアはうなずいた。「たしかに、ぼくたちがベッドをともにするのはきみを妊娠させるためだが、だからといって楽しんではいけないことにはならないだろう」

　ケイティーが何か言う前にジェレマイアの口が近づいてきたので、彼女はマニュアル本のことも基礎体温表をつけることもすべて忘れた。引き締まった唇がケイティーの唇の上を動きまわると、彼女は息もつけなくなり、頭のなかから理性的な考えはすべて消え去った。

　ジェレマイアは巧みにケイティーを誘導して口を開かせてから、舌を差し入れて甘くとろける口のなかを探索した。すると、じょじょに彼女の体に熱い感覚が広がっていった。ケイティーが腕を持ち上げてたくましい体にしがみつくと、ジェレマイアは時間をかけて自分の言葉に嘘偽《うそ》りがないことを証明してみせた。

ケイティーは、ジェレマイアの官能的な攻撃に完全に降伏し、その豊かな黒髪に指を走らせた。彼の手が背中から前へまわって胸のふくらみを包み込んだとき、全身を駆け巡っていた熱気が体の中核に集中した。

ケイティーの口から漏れた歓《よろこ》びの声に励まされたように、ジェレマイアは服の上から硬くなった胸の先端を愛撫《あいぶ》しはじめた。たちまち彼女の体のなかを激しい高ぶりが走り抜け、下腹部の奥で虚《うつ》ろなうずきが始まった。

「ぼくの言おうとしていることがわかるか？」ジェレマイアの唇はケイティーの首のつけ根で脈打つ部分へ下りていく。「子供を作ることはぼくたちにとって純然たる歓びになるんだよ」

「あなたの……言うとおりだと……いいけれど」ケイティーの心臓が止まったかと思うと、とつぜんものすごい勢いで動き出した。本当にわたしはこんなことを言ったのかしら？

ジェレマイアが低い声で笑ったのと同時に、ケイティーの体の奥を熱い衝撃が突き抜けた。「任せてくれ。必ずそうしてみせる」彼は胸をふくらませて深く息を吸い込んだあと、ケイティーの体を放した。

「週末、〈ブルーバード・カフェ〉は休みなんだろう？」

「ええ。週五日、朝食と昼食だけ出しているのよ」ケイティーはTシャツを引っ張ってしわを伸ばした。

「明日、仕事が終わってから月曜の朝まで何か予定はあるか？」

ケイティーは首を振った。「いいえ。ガトリンバーグのギフトショップで売るキルトを作るつもりだったの。でも、それだけよ」

「よかった」ジェレマイアは立ち上がり、片手を差し出してケイティーを立たせた。「ハーレーの後ろにくくりつけられるようなバックパックか、ジムバッグは持っているか?」ケイティーがうなずいたのを見てほほえむ。「それに衣類を詰めて、明日の朝、仕事に行くときに持っていってくれないか。ランチを食べに行ったときにぼくがバッグを引き取って、午後、仕事が終わるころにきみを迎えに行くよ」

「ここで週末を過ごすの?」ケイティーはごくりと息をのんだ。「あなたと一緒に?」

「この計画を成功させるつもりなら、しばらく一緒に過ごしたほうがいいんじゃないかな」ジェレマイアはあっさりと答えた。

ケイティーは懸命に息をしようとした。「でも、ちょっと……早過ぎるような気がするけど……」

ジェレマイアは肩をすくめると、ケイティーの指に指を絡ませ、ポーチの階段を下りてオートバイのほうへ向かった。「始めるのは早ければ早いほどいいと言ったのはきみだよ」

心臓の鼓動があまりにも激しいので、ケイティーは胸から飛び出してしまうのではないかと心配した。「でも、わたしの計画では一カ月間体温を測って、いい時機を見つけるつもりだったのだけど……」

ジェレマイアはにこやかに首を振りながらオートバイにまたがり、ブーツのかかとでスタンドを上げた。「それではあまりにも味けないだろう。そう思わないか?」ケイティーが後ろのシートに座るのを待つ。「すぐに妊娠しなかったら、体温表を作るといい。それまではリラックスして楽しんで、自然に任せるんだ」

ジェレマイアはオートバイを発進させ、それ以上話をするのをやめた。けれど、パイニー・ノブを下りていく途中、ふいにケイティーは自分の決断を考え直しはじめた。ジェレマイアの提案に同意したのは、〝目的は手段を正当化する〟という諺《ことわざ》を基にしたからだ。けれど、その〝手段〟というのは、老化が始まった卵子に受精させるための短時間の交わりに過ぎないと思っていた。彼がこの経験を楽しもうと言い出すとは思ってもいなかった。

ジェレマイアが操るオートバイはヘアピンカーブを疾走していく。ケイティーはたくましい体にしがみつき、黒いTシャツの下で背中や肩の筋肉が収縮するのを感じて思わず身を震わせた。今まではあえてジェレマイアと裸で抱き合うことや、彼を自分のなかに迎え入れることは考えないようにしていた。これから二人がすることが性行為だとは思わないようにしていたのだ。

けれど、ジェレマイアのキスや自分の反応を考えたら、二人の行為は短時間で効率よくすませるものにはなりそうにない。刺激的、官能的、情熱的という言葉がケイティーの頭をよぎった。そのまま放っておいたら、もっといろいろな言葉が浮かぶだろう。

ケイティーは頭を振った。そんなことを考えてはだめ。自分の将来と子供を授かることに注意を集中して、ジェレマイアに抱かれたらどれほどの歓びを得られるかということは考えてはいけない。

翌日、ジェレマイアはオートバイに乗ったまま、〈ブルーバード・カフェ〉の前でケイティーの仕事が終わるのを待っていた。昨日、二人の取り決めについて詳細を話し合うためにケイティーをパイニー・ノブへ連れていったが、迎えに来る前は、二人の関係についてあからさまな言い方をすれば、彼女が子作り計画を考え直すだろうと思っていた。ところが、ここで待っているケイティーを見たとたん、自分が立てた作戦はすっかり忘れ、彼女と抱き合ったらどれほどの歓びが得られるだろうということしか考えられなくなった。

ぼくはどうかしてしまったのだろうか？　ジェレ

マイアは頭を振った。どちらかというと、ケイティーは好みのタイプではない。ぼくが好きなのはセクシーで自由奔放で自発的な女性だ。しかし、ケイティーは違う。やさしくて、恥ずかしがり屋で、ちょっと性的な話が出ただけで顔を赤らめる。

それなのに、ケイティーを抱き締めると、彼女を深く貫き、歓喜の階段を駆け上がるさまを見ることしか考えられない。それが驚きなのだ。

たぶん男性経験がそれほど豊富ではないケイティーに、ベッドのなかでのことを教えるのを楽しみにしているだなんて。

それは氷山の一角に過ぎない。昨夜はほとんど一晩中起きていて、二人が生み出す子供のことを考えていた。自分の子供がケイティーのおなかのなかでしだいに大きくなっていく様子を見るのはどんな感じだろう？　二人が結ばれた結果、誕生するのは男の子か、女の子か？　子供はケイティーに似るだろうか？　それともぼくに似ているか？

ああ、父親になるのはどんな気分だろう。ぼくは正しい判断を下すことができるだろうか？　子供を正しい方向へ導くことができるのか？　警戒心を緩め、幼子を愛し、たとえその子が愛を返してくれなかったとしても受け入れられるのか？

今までずっと、できるだけ拒絶されることを避けてきた。拒絶されないための最善の策は、まず第一に自分をそういう状況に追い込まないことだ。人と親しくならなければ、傷つくこともない。しかし、ケイティーと二人で作る赤ん坊は自分の血を分けた人間だ。そうなると、話が違ってくるのではないだろうか？

ああ、あんな母親のもとに生まれなかったらどんなによかったか。だが、ぼくを産んだとき、アニタ・ガンはケイティーの半分の年齢だった。それから数年後、母親は混雑したディスカウント・ストアにぼくを残して姿を消したのだった。

ジェレマイアは無念そうに息を吐き出しながら、ケイティーが〈ブルーバード・カフェ〉のドアを閉めて鍵を閉める様子を見守った。答えの出ていない疑問は山ほどある。しかし、もう約束してしまったし、ぼくにとって約束は、絶対に破ることができないものなのだ。

「もう出かけられるか?」ケイティーがゆっくりと近づいてくると、ジェレマイアはきいた。

「ええ」ケイティーは長い髪を束ねているふわふわした赤いシュシュをしっかりと結び直した。

彼女の口調にためらいを聞き取り、アクアマリン色の目に不安げな表情が浮かんでいるのを見て、ジェレマイアは胸が締めつけられる思いがした。彼女のウエストに手を伸ばして引き寄せる。「無理にこんなことをする必要はないんだよ。気が変わって、精子バンクに行くほうがいいなら、それでもかまわない」

ケイティーは深く息を吸い込むと、ほほえみながら首を振った。「気は変わっていないわ。今でもあなたにわたしの子供のパパになってほしいと思っているの」

ジェレマイアはしげしげとケイティーを見つめた。彼女が自分の子供の父親になってほしいという話をするたび、胸のなかに説明しようのない感情があふれてくる。

「本心なんだね?」ジェレマイアはたしかめずにいられなかった。

「ええ」今、ケイティーの目にためらいはない。固い決意を秘めた表情は、自分の言葉に間違いはないと伝えている。

ジェレマイアがケイティーを放してオートバイに乗るよう言いかけたとき、通りの反対側の診療所前で車から降りた年配の女性がこちらに向かって手を振った。「こんにちは、ケイティー、元気?」

「ええ」ケイティーは低い声で言いながら、片手を上げて年配の女性の挨拶に応えた。

「誰だ?」急いで近づいてくる女性を見て、ジェレマイアはきいた。

「サディー・ジェンキンズ。ディクシー・リッジでいちばんの噂好きよ」

ジェレマイアは噴き出した。「噂好きと言ったら、ハーブがいちばんだと思っていたけどね」

「ハーブは誰に影響されたと思う? 奥さんと比べたらハーブなんてアマチュアよ」ケイティーは小声で言った。

「最近、お母さんから連絡はあった?」サディーはそう言いながら近づいてきた。

ジェレマイアは、ケイティーの指関節が白くなっているのに気づいた。彼女はショルダーバッグのストラップを強く握り締めている。「先週、電話で話したわ」ケイティーは笑顔で答えた。「父も母も、キャロル＝アンの四つ子と楽しく過ごしているようよ」

サディーはうなずいたが、どうやらケイティーの話は耳に入っていないらしい。ジェレマイアをなめまわすように見るので忙しいのだ。「ハーブがしょっちゅう話しているのはあなたのことね」

「ジェレマイア・ガンです」ジェレマイアは片手を差し出した。「ほとんど毎日、ハーブと一緒にランチを食べていますよ」わざわざオートバイから降りることはしなかった。それほど長くこの女性と話をするつもりはない。

サディーは顔をほころばせて頭を振った。「ハーブはあなたを背が高くてがっしりした人だと言っていたけれど、こんなにハンサムだなんて教えてくれなかったわ。どうりでケイティーがさっさと家へ帰ってキルトを作らずに、ここであなたとおしゃべりしているわけね」

ジェレマイアがケイティーのほうを見ると、彼女の目玉がぐるりと動いた。その表情からすると、今にも目の前にいる女性にくってかかりそうだ。「ケイティーとぼくは鱒《ます》釣りをしにパイニー・ノブへ行くところなんですよ」二人の女性の対立を阻止すべく、ジェレマイアは嘘をついた。「ケイティーからキャスティングの技術を習うといいと、ハーブに言われたもので」

「ええ、そうですとも」サディーが勢いよくうなずいた拍子に、白髪交じりのカールが揺れた。「ケイティーはレディース競技会で優勝しているのよ。何年も連続でね」

「そうらしいですね」ジェレマイアはわざとらしく腕時計を見た。「ミセス・ジェンキンズ、途中で話を終わらせたくないが、あまり遅くならないうちに釣りを始めたいので」

サディーは笑った。「釣り好きはみな同じね。うちのハーブも、許されるなら、日の出から日暮れまで川のなかに立っているんじゃないかしら」ちょっと考え込んだあと、ぱっと顔を輝かせる。「今夜、二人でわたしの家にいらっしゃいな。夕食をごちそうするわ」

「せっかくだけど、ちょっと時間が取れそうにないのよ、サディー」ケイティーはかなり苛立《いらだ》たしげな表情をしている。

「あら、あら」サディーは首を振った。「いやとは言わせませんよ」ケイティーを抱き締めたあと、ジェレマイアにほほえみかける。「それじゃ、五時半にいらして」

ケイティーとジェレマイアは、通りを渡って診療所に入っていく女性の後ろ姿を見つめた。「今夜はハーブとサディーと一緒に食事をするしかなさそうだな」

「できるだけ短時間で切り上げましょう」ケイティーの言い方も表情もまったくうれしそうではなかった。

ジェンキンズ夫妻の家へ行くまであと二時間しかないことに気づき、ジェレマイアは肩をすくめた。「今夜、ハーブとサディーと食事をするなら、このまま町にいて、夕食のあと、小屋へ行ったほうがよさそうだな。ちょっとパイニー・フォールまで行って戻ってくるのはどうかな？」

「いいわ」

ケイティーが後部シートにまたがると、ジェレマイアはエンジンをかけてハーレーダビッドソンを駐車場から出した。ケイティーが広い背中にぴったりと胸を押しつけて筋骨たくましい体に腕をまわしたとき、彼はほくそ笑んだ。ケイティーにとってオートバイに乗るのは怖いかもしれないが、ぼくは後ろに彼女を乗せることがだんだん楽しくなってきた。

「ごちそうさまでした」ジェレマイアは礼を言い、ハーブと握手をした。その横ではケイティーがまたサディーに抱き締められている。「では、月曜日に〈ブルーバード・カフェ〉で」

ハーブがあまりにも強く手をたたくので、ジェレマイアは手首を捻挫するのではないかと心配になった。「明日の朝、キャスティングをやらんか？」

「明日は釣りに行けないんだ、ハーブ」ジェレマイアは急いで言い訳を考えた。「小屋のまわりを片づけなければならないのでね」

ハーブは妻に目配せをした。「わかった。じゃあ、日曜日、礼拝が終わったあとにしよう」

「悪いな」ジェレマイアは首を左右に振った。「その日も予定が入っている」ハーブをなだめるために言い添える。「月曜日の午後に遠出するのはどうかな？　リトル・リバーで運試しをしたいと思っていたんだ」

「そいつはいい」ハーブはうれしそうに答えた。

「では、暗くならないうちにケイティーを家に送り届けたいので」ジェレマイアはあえて、自分の家なのか彼女の家なのか言わなかった。

「今度、お母さんと話す機会があったら、よろしく伝えてちょうだいね」サディーは満面に笑みをたたえている。

ケイティーはうなずいた。「そうするわ」

玄関前の階段を下りて私道に止められているオートバイのほうへ歩いていくとき、ジェレマイアはケイティーの今にも怒り出しそうな表情に気づいた。

「サディーはぼくたちのことをみんなになんて言うだろう?」ジェレマイアは声をひそめて言い、片脚を上げてハーレーにまたがった。

「あなたとわたしが熱愛中だとか、結婚寸前だとか言うんじゃないかしら」ケイティーもオートバイの後ろにまたがった。「サディーが真っ先にご注進するのは、わたしの母でしょうね」

「だが、今度、お母さんと話す機会があったらよろしく伝えてくれと、さっき言っていなかったか?」

ジェレマイアはくすくす笑いながら眉を上げた。

ケイティーが彼のウエストに手を当てながら下品な言葉をつぶやいたのだ。「サディーならすぐにカリフォルニアにいる母に電話するわ。わたしたちが町はずれに着いたころには、わたしがあなたとオートバイで走りまわっていることをあれこれ吹き込んで、二人がパイニー・ノブの小屋に行って、口では言えないようなことをするんじゃないかとたきつけるのよ」

「だけど、ぼくはきみを家に送ると言ったんだよ」

「でも、サディーが勝手な解釈をしたら――」

「ぼくがきみを山の上に運び去ったあと、二人は裸で森を走り抜け、小屋の後ろの川岸で激しく情熱的に求め合うという話になるんだろう」

「そんなところね」ケイティーはジェレマイアの肩に頭をもたせかけた。「わたしが妊娠したときにサディーがなんと言うか楽しみだわ」

ジェレマイアは無言のままオートバイを発進させ、パイニー・ノブの小屋へ通じる道路に入った。何も言うことができなかったのだ。とつぜん無性に腹が立ち、口を開いたら聞くに堪えない言葉が飛び出しそうだったからだ。

今のケイティーの話はまったく納得できない。ぼくに関することなら、サディー・ジェンキンズが何を言ってもかまわないが、ケイティーに関する噂を広めるべきではない。

サディーがそんなまねをしたら、ぼくが相手になってやる。あのおしゃべりばあさんもそこまでしたいとは思わないだろう。ぼくの命令に異議を唱えた愚かな部下にきいてみるといい。いざというときには、ジェレマイア・ガンはとんでもない悪党になれるのだ。

ぼくに言わせれば、ケイティーのように慎み深い女性の噂話をするのは、じゅうぶんに挑発行為に当たるのだから。

6

玄関のドアが閉まって鍵のかかる音がした瞬間、ケイティーはどきっとした。前にもこの家のなかでジェレマイアと二人きりになったことがあるが、今とは状況が違う。あの夜は川で溺れそうになって、低体温症に陥る危険性があったし、彼はまだ子作りに協力することに同意していなかった。けれど、今、ここにいるのはまさにそのためだとわかっているので、少し落ち着かない。

「まず何をするの？」ケイティーはきいた。こういうことは経験がないから、どのように進めたらいいのかわからない。

「何も」ジェレマイアはワイン色のレザーソファの横に置かれたテーブルにキーを放った。「この件に関して、もう少し話し合ったほうがいいんじゃないか」

「でも、昨日、話はついたと思っていたわ……」ケイティーはどきどきした。ジェレマイアは二人が決めたことを取り消すつもりなのだろうか？　それとも、もっと条件を出すつもりなのかしら？

ジェレマイアは首を振った。「二十年近く軍隊にいたせいで、小さな町の噂話《うわさばなし》がどれほど有害なものか忘れていたよ。きみがディクシー・リッジ中の噂の的になるのは耐えられないんだ」

ケイティーはソファの端に腰を下ろした。「サディーのことを言っているの？」

「ほかの人たちもさ」ジェレマイアはうなずいた。「きみが妊娠したという話が広まったら、口うるさいばあさんたちは方々に電話をかけて、どうしてぼくたちが結婚しないのか、あれこれ憶測するだろう」

　ケイティーは肩をすくめた。「ここに来る途中に考えたの。みんなの注目の的になるのはいやだけれど、別に何を言われてもかまわないわ。わたしは子供を作る決心をして、これからそれを実行するつもりよ。これはほかの人が口出しする問題ではないでしょう。それに、サディーが人の噂話をしたり、噂を広めたりする可能性はないかもしれないわ」

「どういう意味だ？」

　ケイティーはにっこりした。「たしかな筋から聞いた話だけれど、結婚前、サディーとハーブはディクシー・リッジ中の噂の種になっていたらしいの。四十年前、世のなかは今ほどそういったことに寛容ではなかったでしょう。二人が結婚したのは長男が三歳になったときで、ここの住人がそのことを忘れるのに何年もかかったそうよ」

　ジェレマイアは顔をしかめた。「だが、たしかきみはサディーがお母さんに電話することを心配していなかったか？」

「最初は心配したわ。でも、もう違う」ケイティーはシュシュをはずし、緩んだ髪を指でとかした。「サディーより先に、わたしの決断を両親に伝えられればいいけれど、それは無理そうだわ。だから、もう心配するのはやめたの」

　ジェレマイアはとても信じられないという表情を見せた。「そんなに子供がほしいのか？」

「ええ」ケイティーはソファから立ち上がって見晴らし窓のほうへ歩いていき、目の前に広がる山々の景色を眺めた。手遅れにならないうちに自分の子供を産むことがどれほど大事な問題なのか、ジェレマイアに理解してもらいたい。「わたしにはディクシー・リッジを出て仕事をしたいという気持ちがまったくないの。現代の基準で判断すると、たぶん野心がないように思われるでしょうね。振り返ってみると、わたしの夢はいつもよき妻と母親になることだったのよ」

「それはちっとも悪いことじゃない」ジェレマイアはケイティーの背後にたたずんだ。「それに、野心のなさの表れでもない」彼女の肩に手を置き、緊張をほぐそうと揉《も》みはじめた。「どちらかといえば、きみの勇気と夢をかなえようとする強い気持ちの表れじゃないかな」彼が少し身を屈《かが》めると、温かな息がケイティーの耳にかかった。「人から聞いた話では、母親というのは九時から五時まで会社で働くよりもはるかに大変だそうだ。一日二十四時間、一週間に七日間休みなく、しかも、それが十八年間から二十年間も続くわけだから。ぼくに言わせれば、そういうことに挑戦するのだってじゅうぶんに野心的だよ」

思いやりのある言葉と温かなてのひらに慰められ、ケイティーの体から緊張感が消えはじめた。「十代後半や二十代初めのころは、いつかすてきな男性と出会って、たくさん子供を産みたいと思ったものよ。でも、三十歳になったとき、そんな願いはかなわないと認めざるを得なくなった。そのときに結婚は諦めて、代わりに子供を作ることにしたのよ」

「どうしてもうかなわないと思うんだ？」

ケイティーは笑った。「男性は自分と同じ身長の女性や、自分より背の高い女性には魅力を感じないでしょう。自分より体重が二十キロも重い女性にも惹《ひ》かれないわ」

ジェレマイアの手が止まった。「誰がそんなばかなことを言ったんだ？」

「人に言われるまでもないわ」ケイティーは肩をすくめた。「背丈が問題ではなくても、ミシュラン・マンやピルズベリー・ドーボーイに似た女性なんて魅力がないでしょう」

ジェレマイアはケイティーを自分のほうに向かせ

た。彼の顔に浮かぶ険しい表情を見て、彼女は一歩下がった。だが、たくましい腕がウエストに絡みついてきて、それ以上動けなくなった。

「どうして魅力がないと思うんだ？」ジェレマイアは彼女を引き寄せて額と額をくっつけた。「背が高くてふっくらした女性が好きな男もいるんだよ」

　意外な方向に話が進んでいくのでケイティーは驚いた。自分が大柄で太めなのは甘受していたし、これからもこの体形は変わらないと諦めていた。ときには、増水した川に倒れ込んだときのように、体格のよさは強みだと思うこともある。小柄だったら、下流に流されてパイニー・フォールから落ちていたかもしれない。それでも、今、ジェレマイアと話しているように、男性と自分の体形問題を話し合うとは夢にも思っていなかった。

「ふくよかなのと、テネシー・タイタンズのディフエンシブ・タックルのように見えるのとはまったく違うわ」ケイティーは切れ切れに言った。

「覚えているかどうか知らないが、ぼくは何も着ていないきみを見たことがあるんだよ」ジェレマイアはにやりとした。「きみをアメフト選手と間違えるなどありえないね」

　ケイティーの頬が熱くなる。「あのときのことは忘れてちょうだい」

「無理だ」ウエストに当てられていたジェレマイアの手が腰に滑り下りた。ケイティーを引き寄せて彼女の下腹部に情熱の証《あかし》を押しつける。その瞬間、彼女の脈拍が速くなった。「わかるか？　きみの服を脱がせなければならなかったあの夜のことを思い出しただけで、ぼくは燃え上がるんだ」

「あなたは……何も……感じていないと思ったのに……」息をするのがむずかしくなり、ケイティーはやっとのことで言った。

「いや、一晩中、感じていたよ。一睡もできなかった。なぜかわかるか?」ケイティーが首を振ると、ジェレマイアは彼女の顎の下に人差し指を当てて顔を上に向かせた。「きみがどんなにきれいか考え出したら、美しい曲線を描くやわらかな体を抱きたいと思ったら、眠れなくなってしまったんだ」

ケイティーはどうしても声を出すことができなかった。

ジェレマイアはほほえみながらゆっくりと顔を近づけていく。「信じてくれ、間違いなくきみは魅力的だよ、ハニー」つかの間、唇を重ねた。「だが、まだ信じられないというなら、この週末を使って、きみが本当に魅力的な女性だということを証明しよう」

ジェレマイアはまず舌でケイティーの唇の輪郭をなぞってから、情熱的なキスを開始した。たちまち甘美な感覚が湧き上がり、彼女は体が溶けてしまうのではないかと思った。脚はゴムになったような気がするし、血液は温かな蜂蜜になったような気がする。

ジェレマイアは長い髪に指を差し入れて頭を支えながら、やさしくケイティーの口の内部に侵入した。彼の情熱を味わった瞬間、彼女の心臓の鼓動が速くなり、体温が急上昇した。ジェレマイアは自分の言葉に嘘《うそ》偽りのないことを証明している。わたしは本当に魅力的な女性だと思われているのだ。

ジェレマイアはゆっくりと唇を離した。「きみを求める気持ちが強過ぎて、きちんと考えることができない」彼女の頬に軽く唇を押し当てて目を閉じる。「ベッドルームに行こう。どんなにきみを求めているか教えてあげるよ」

「ナイトシャツに着替えたほうがいいかしら?」ケイティーはきいたが、ふいにひどくおかしな質問をした気がした。

ジェレマイアはケイティーの耳元で小さく笑った。

「なんのために？　どうせ脱ぐんだよ」ケイティーを放して手を取った。「ベッドに入るときは何にも邪魔されたくない。余計なものはすべて取り去って、美しい体と触れ合いたいんだ」

ケイティーはジェレマイアとともに居間を通り抜けて廊下を進んでいったが、何も言うことが思い浮かばなかった。彼の刺激的な言葉を聞いたら、口元に漂う自信に満ちた笑みとチョコレートブラウンの目に浮かぶ情熱を見たら、言葉など必要ないのだ。

ジェレマイアがベッドルームのドアを開けて一歩下がったとき、ケイティーの心臓は壊れたように鼓動しはじめた。はたして倒れずに部屋へ入ることができるだろうか。ふと見ると、化粧だんすの上に、昼間ジェレマイアに渡した小さなジムバッグが置かれていた。そのなかにナイトシャツが入っているが、そんなものは着る必要がないと言った彼の言葉を思い出したとたん、鳥肌が立った。

振り返ってジェレマイアと向かい合った瞬間、ケイティーははっとした。彼は早くもジーンズのウエストバンドの下からネービーブルーのTシャツの裾を引き出そうとしている。

とつぜん今まで経験したことがない不安を覚えながら、ケイティーは彼の真似《まね》をしたほうがいいのかどうか考えた。彼女が映画や本で得た知識を思い出す間もなく、ジェレマイアはTシャツを脱いで化粧だんすのそばに置かれた椅子に放り投げた。

ジェレマイアはベッド脇のテーブルに近づいてスタンドをつけたあと、振り返ってケイティーと向かい合った。「ぼくに任せてくれ」そう言ってピンクのニットシャツの裾をつかんでいる彼女の手をどかした。「きみが着ているものをすべて取り去って、体の隅から隅までキスをしたい」

「わたしを誘惑する必要はないのよ」ケイティーは懸命に自分たちの目的を見失わないようにした。ジエレマイアとベッドをともにするのは、あくまでも子供を作るためだ。どちらも望んでいない感情的な関係を築いて、ことを面倒にするためではない。

ジェレマイアは首を振った。「ハニー、これは誘惑なんかじゃない」ケイティーのシャツの裾から内側へ両手を滑り込ませ、肋骨《ろっこつ》に沿ってじょじょに上げていく。そして頭からシャツを脱がして椅子に放ると、にっこりした。「前戯だ」

ケイティーは息をのんだ。「でも、そんなことをする必要はない――」

「いや、あるんだ」ジェレマイアはケイティーの唇に人差し指を当て、それ以上異議を唱えさせないようにした。「ぼくたちが子供を作ろうとしていることは忘れて、今ここで起きていることを楽しんでくれないか」

「そんなことは……できそうもないわ」時間が経《た》つにつれ、ケイティーは呼吸がむずかしくなってきた。

「できるとも」ジェレマイアはケイティーの体に腕をまわした。むき出しになった背中に両手を当てたまま、肩から耳へかけてキスの雨を降らせていく。「ただ目を閉じて、ぼくが作り出す心地よい感覚に酔いしれていればいいんだよ、ケイティー」

豊かなバリトンの声に語りかけられ、男らしい手で体をまさぐられ、敏感になった肌にキスをされると、ケイティーの内部で続いていた緊張感はまったく別のものに代わった。とつぜん全身が燃えるように熱くなり、頭のなかから官能の虜《とりこ》になってはいけない理由が消えた。

「それでいい」ジェレマイアもケイティーの内部の変化に気づいたようだ。「ぼくに触れられるとどんな気持ちになるかだけを考えるんだ」

ケイティーは目を閉じて言われたとおりにしたが、ジェレマイアに抱き寄せられたとき、すでにブラジャーが取り去られていることに気づいて驚いた。胸のふくらみが硬い胸に押しつけられた瞬間、電流のようなものが全身を貫き、自分を抱いている男性のこと以外は何もかも頭から消えた。

「きみの感触はすばらしいよ」ジェレマイアの声はいつもより低くてかすれている。

「あなたも……」呼吸がさらに乱れていく。

ジェレマイアはこめかみと頬にキスをしたあと、貪るように唇を奪った。ケイティーのまぶたの裏で星が飛び散り、血管のなかを炎が流れる。全身に熱気が広がっていくので、ケイティーはたくましい腕にしがみつき、彼の足もとに倒れないようにした。

ケイティーの頭は思考停止に陥っているようだが、五感はジェレマイアを十二分に感じていた。森のような男らしい香り、燃えさかる情熱の味、やわらかな体に押しつけられる硬い体の感触に誘われ、ケイティーはなおもすり寄った。ジェレマイアのウエストに腕をまわし、広い背中のよく発達した筋肉を指先で探ると、彼の胸の奥から低い声が漏れた。その声の震動がケイティーの唇に伝わり、体の内部が小刻みに震える。

「立っていられるうちにほかのものを脱ごう」

ジェレマイアは彼女の頬から耳に小さなキスの雨を降らせた。

ケイティーは目を開け、震える手を動かして言われたとおりにしようとしたが、ジェレマイアは首を横に振った。「ぼくに任せてくれ」

ジェレマイアは屈《かが》み込んでケイティーのサンダルを脱がせたあと、自分のブーツとソックスを脱いだ。それから背筋を伸ばしてまっすぐに立つと、ほほえみながら彼女のジーンズのボタンに手を伸ばした。ボタンをはずすや、すばやくファスナーを下げ、ジーンズとショーツを足首まで引き下ろした。ジェレマイアにうながされ、ケイティーはジーンズとショーツをまたぐようにして脱いだあと、片足で脇へ押しやった。

ジェレマイアの視線がなめるようにゆっくりと一糸まとわぬ体を這《は》い上がってくる。ケイティーは体を隠したい衝動と闘った。二人の視線が絡まる。チョコレートブラウンの瞳に浮かぶのは称賛の表情だ。それに気づいたとたん、ケイティーの脈拍が速くなり、息が止まった。

「本当にきれいだよ、ケイティー」ジェレマイアはすばやく自分のベルトをはずした。

ケイティーが答えるより早く、ジェレマイアはウエストバンドについているスナップをはずし、すばやくジーンズの前を開けた。彼女がうっとりと見つめていると、ジーンズと白いコットンのブリーフは、たくましい長い脚を滑り下りてどこかへ飛んでいった。

ケイティーの視線はジェレマイアの足もとから上へ動いていった。彼の左膝にはかなり新しい手術の跡があり、右腿にはもっと古い傷跡があった。けれど、彼のすばらしい肉体に傷を負った理由をきく前に息が詰まり、一瞬、心臓の鼓動が止まったかと思うと、つぎの瞬間、ものすごい勢いで動き出した。

ケイティーが今までに見た男性の裸といえば、赤ん坊か、教科書や百科事典に載っている人体解剖図くらいだ。それは必ずしも成人男性の裸体を正確に表しているものではない。とはいえ、何を見ていたとしても、生身のジェレマイア・ガンを目にする心の準備はできなかっただろう。引き締まった腹部、堂々たる情熱の証、彼はまさに男で、見事に覚醒し……相手を怖《お》じ気づかせるような迫力を持っている。

視線を上げてジェレマイアの目をのぞき込んだとき、ケイティーはごくりと息をのんだ。チョコレートブラウンの瞳に浮かんでいるのは生々しい渇望だ。それに気づいたとたん背筋に戦慄が走り、改めて自分の決断に疑念を抱いた。

「ぼくもほかの男と同じだよ」ジェレマイアは彼女の不安を感じ取ったらしい。

ケイティーは本当にそうだろうかと思った。けれど、口に出して言うわけにはいかない。言ったら、男性経験がないことがばれてしまう。

「きみの体はぼくの体を抱くように作られているんだ」ジェレマイアは低い声でやさしく、励ますように言った。「ぼくたちの相性は完璧なはずさ」

ケイティーは深く息を吸い込み、もうあと戻りはできないと覚悟を決めた。わたしは子供がほしい。もっと正確に言うなら、ジェレマイア・ガンの子供がほしい。自分の子供を産むためならなんでもする。たとえ三十四歳のバージンだと知られることになっても……。

「実は、わたし――」

「こういうことは久しぶりなんだね？」

「まあ、そんなところね」というよりも、一度もない。けれど、それを言ったら、変わり者だと思われて、子作りに協力する気がなくなってしまうかもしれない。

ジェレマイアはくすくす笑った。「自転車に乗るのと同じようなものだよ、ハニー。一度体験したら、絶対に忘れない」

「忘れるか忘れないかの問題じゃないのよ」ケイティーは慎重に答えた。「上手にできるかどうかよくわからないの」

「できるに決まっているじゃないか」ジェレマイアの声は確信に満ちている。「久しぶりだから、最初はきついかもしれないけどね」ケイティーを抱き寄せる。「きみがぼくを受け入れられる状態になるまで、ゆっくり進めよう」

ジェレマイアの励ましの言葉や、滑らかな肌に当たるざらつく皮膚の感触、やわらかな下腹部に押しつけられる力強い高ぶり、それらが功を奏し、温かな夏の日差しを浴びた霧のように、ケイティーの不安は消え去った。全身にあふれ出した熱い感覚が体の中核に集まって渦を巻いているので、いつまで立っていられるかわからない。

「ベッドに入ろう」ジェレマイアが耳の下のくぼみに唇を押し当てた。

ケイティーはもう少しで正気をなくすほど怯《おび》えていた。それでも、ジェレマイアの目に浮かぶ情熱や、穏やかな触れ方、やさしい笑顔に励まされた。彼に導かれたら、パイニー・フォールからでも一緒に飛び下りるかもしれない。

キングサイズのベッドに向かい合って横たわると、ジェレマイアはケイティーの頬にかかる髪を払いのけた。「きみは自分がどれほど美しいかわかっていないんだね？」

「そんなふうに考えたことはないわ」ケイティーは正直に答えた。

「きれいだよ」ジェレマイアは彼女を引き寄せた。「きみの口から背が高過ぎるとか、体重が重過ぎるとか、そんな言葉は聞きたくない。わかったね？」

ケイティーがうなずくと、彼は二人の下腹部をぴったりと合わせた。「ぼくが燃えているのがわかるか？ どんな女性の前でもこんなふうになるわけじゃないんだよ」

ジェレマイアの引き締まった唇がケイティーの唇に重なった瞬間、熱い感覚が彼女の心の奥まで流れ込んだ。不安を忘れて温かな抱擁に身を任せると、全身が活気づきはじめた。

ジェレマイアが片手で胸のふくらみを包み込む。たこができたてのひらに胸の先端をこすられた瞬間、ケイティーの体のなかを妖しい戦慄が走り抜け、下腹部の奥が収縮した。思わず彼女が漏らした歓《よろこ》びの声に励まされたらしく、ジェレマイアは敏感になった先端を愛撫《あいぶ》した。

「気持ちいいか？」ジェレマイアはケイティーをあお向けに寝かせて、首のつけ根の激しく脈打っている部分に小刻みに唇を押し当てる。「もっとしてほしいか？」

「え、ええ」

ジェレマイアの手は脇腹からウエスト、さらにヒップへ動いていき、唇は鎖骨から胸のふくらみ、尖《とが》った先端へと移っていく。彼が先端を口に含んで舌でもてあそぶと、ケイティーの脈は速くなり、下腹部に虚《うつ》ろなうずきが始まった。

ジェレマイアの口が生み出す甘美な感覚に酔いしれていたので、ケイティーは秘めやかな部分に触れられたときの衝撃に対して心の準備ができていなかった。ふいに熱い波が押し寄せてきたので、ケイティーは声にならない声をあげ、恥ずかしげもなく体を反らして彼の手に下腹部を押しつけた。

「これが気に入ったのか？」

「お願い――」

ジェレマイアの手が止まった。「やめてほしいのか？」

「い、いいえ」

ジェレマイアが秘密の扉を開いて奥に潜む小さな蕾《つぼみ》に触れると、あらゆる部分が震えはじめ、ケイティーは目を閉じた。ところが、受け入れる準備が整っているかどうかたしかめようとジェレマイアが指を滑り込ませたとたん、彼女はがくんと体を動かし、とぎれがちに彼の名前を呼んだ。

「お願い――」

「どうしてほしいんだ？」ジェレマイアがどこまでもやさしく情熱をかき立てつづけるので、ケイティーの目に涙が込み上げてきた。

どうしてほしいのかよくわからず、ケイティーは落ち着かなげに脚を動かし、体の中心で高まっていく圧力を和らげようとした。「お願い――」

「きみのなかに入ってほしいのか？」

「ええ」

「今すぐ？」

ケイティーは目を開けてジェレマイアと視線を合わせたが、チョコレートブラウンの瞳の奥に潜む激しい渇望に気づいて息をのんだ。「お、お願い、ジェレマイア……」

そう言いながらも、膝で両脚を押し開かれると、ケイティーの声は小さくなり、体はまったく動かなくなった。

その変化に気づいたらしく、ジェレマイアはほほえみながらケイティーの上に体を重ねた。「リラックスして」

腿に欲望のかたまりが触れた瞬間、ケイティーは硬く目を閉じて息を殺し、必ず感じるであろう痛みのことは考えないようにした。

「ケイティー、ぼくを見るんだ」

ケイティーはまず片目を開け、つぎにもう片方の目を開けてジェレマイアの端整な顔を見た。彼は眉をひそめている。

「ぼくが怖いのか？」

ケイティーは首を振った。「ただちょっと……弱気になっているの。それだけよ」

ジェレマイアはやさしい笑顔を見せた。「ぼくを信じているか、ハニー？」

「ええ」実のところ、今ジェレマイアの誠実さを信じる根拠はないのだが、なんとなく彼が志操堅固な人間だということはわかった。

「よし」ジェレマイアは軽く唇を重ねた。「絶対にきみを傷つけないと約束するよ」

そんなことはわかり切っていたが、ケイティーは口には出さず、無理に笑顔を作って広い肩に腕をまわした。「抱いて、ジェレマイア」

「喜んで」ジェレマイアはケイティーの脚のつけ根

に熱いものを導いた。「だが、歓びを感じるのはまずきみのほうだ」

ジェレマイアは顔を近づけて唇を重ねながら、そっと腰を動かしはじめた。ケイティーにとっては久しぶりの行為だから、彼女の体がぼくの体になじむ時間を与えたい。ところが、ゆっくりと突き進んだとき、思いがけない抵抗に遭った。それはどういう意味なのか、理由は一つしか考えられない。つまり、ぼくは今まで誰も行ったことのない場所に侵入しようとしているのだ。

ジェレマイアの動きが止まった。「初めてなんだね?」顔を上げてケイティーを見下ろす。

アクアマリン色の目に不安をたたえてケイティーはうなずいた。「え、ええ」

ジェレマイアの心になんとも言いようのない感情が湧き上がった。今までバージンとベッドをともにしたことはない。いや、それどころか、バージンの知り合いすらいないのではないだろうか。

「どうして話してくれなかった?」ジェレマイアの言い方は思った以上にきつくなった。ケイティーが自分を信用してバージンだと打ち明けてくれなかったことに無念さを感じているが、それほど腹を立てているわけではない。

「わからなかったから……つまり、あなたが――」

「約束を取り消すんじゃないかと思ったんだね?」ジェレマイアは声を和らげてもっと冷静な口調で話すよう努めた。

「ええ」ケイティーがあまりにも弱々しく見えるので、ジェレマイアは胸が痛くなった。

「きみにとって子供を作ることが大事な問題だというのは知っていたが、どれほど大事かはわかっていなかった」ジェレマイアはケイティーの目の端からこぼれ落ちた涙を拭った。「いいときにわかってよかった。おかげで初体験のきみに必要以上に痛い思いをさせずにすむからね」

ケイティーは驚きの表情を見せた。「今でも子作りに協力してくれるつもりなの？」

「協力すると約束しただろう？」

ケイティーはうなずいた。「ごめんなさい。これくらいたいした問題ではなかったのよね」

「いや、たいした問題だよ。ただ、きみが考えているような意味ではないけどね」ジェレマイアはいったん腰を引いてから、ふたたび静かに突き進んだ。「ぼくにとっても初めての経験なんだ」ケイティーの困惑の表情を見てにっこりする。「きみは男とベッドをともにしたことがないし、ぼくはバージンとベッドをともにしたことがない」舌で美しい唇の輪郭をたどりながらゆっくりと腰を前後に揺らし、ケイティーがつぎに起こる出来事の準備をしてくれることを期待した。彼女にとってこれは初体験だから、男の侵入に慣れる時間が必要だ。だが、今まで三十七年間生きてきて、一人の女性を自分のものにしたいという、これほど強烈な欲求は経験したことがない。そのため、自分を抑えるのにとんでもなく苦労している。

ジェレマイアは自分を包み込んでいるものが緊張を解きはじめるのを待った。そしてキスを深めながらさらに押し進むと、薄い障壁が壊れて、熱く燃える体のなかに完全に埋没した。

ケイティーが唇を重ねたまま息をのんだ瞬間、ジェレマイアの心臓は動きを止めたが、つぎの瞬間、ふたたび大きな音をたてて動き出した。ケイティーは一生に一度しか与えることのできない贈り物をくれたのだ。いくら子供を作るためにしたこととはいえ、彼女が処女を捧《ささ》げる相手にぼくを選んでくれたかと思うと、謙虚な気持ちにならざるを得ない。

「深く息を吸って、体から力を抜いて」ジェレマイアはケイティーの口から唇を離した。彼女の初体験をできるだけ楽なものにしてあげたいが、どうしたらいいのかよくわからない。かすかに震える手で滑らかなダークブラウンの髪をなでながら、ジェレマイアは美しい顔を見下ろした。「少ししたら痛みは和らぐからね、ハニー」

「それほど……思ったほど……痛くないわ」ケイティーはとぎれとぎれに言った。「ただ……すごく圧迫されている感じ……」

ケイティーの体にすっぽりとのみ込まれると、筋肉が張りつめてこの行為を完結させたくなったが、ジェレマイアはこらえた。ケイティーが痛みを気にしなくなり、歓びを感じる準備が整うまで、自分の欲望に屈するつもりはない。

「約束するよ。痛い思いをするのは一度だけだ」ジェレマイアは彼女の額にキスをした。「これから感じるのは心地よさだけだよ」

ジェレマイアが見つめていると、美しい目に納得したような表情が浮かび、彼を包み込んでいる締めつけが和らいだ。ジェレマイアは注意しながらゆっくりと動きはじめ、目を閉じて自制することに集中した。夢中になるあまり、まぶたの裏で光が揺らめいたが、けっして自分を解放しようとしなかった。ケイティーはぼくが初体験をできるだけ楽なものにしてくれると信じているのだから、絶対に期待を裏切るつもりはない。

ところが、ケイティーの体が応えはじめたので、ジェレマイアは目を開けた。アクアマリン色の目の奥でも激しい欲望が燃えている。彼がペースを速めると、情熱が高まるあまりケイティーの頬は赤く染まり、彼を包み込んでいる筋肉が収縮した。今まさに快楽の階段を上りはじめたところなのだ。

「そうだよ、ハニー」ジェレマイアはかすれた声で言った。「そのまま流れに身を任せるんだ」

とつぜんケイティーはジェレマイアの肌に爪を立

てて彼の名前を呼んだ。そろそろ歓びの頂点に到達しそうだ。ジェレマイアがケイティーの体をしっかりと抱いたままリズミカルな動きで突き進むと、内部で張りつめていたものが弾《はじ》けて、彼女は一気に昇りつめた。それが引き金となってジェレマイアも自らを解放し、その勢いに身を震わせながら彼女のなかに自分のすべてを注ぎ込んだ。

7

精根尽き果てたジェレマイアは、ケイティーの肩に顔を埋《うず》めると、懸命に息を整えながら、たった今起きたことを受け入れようどした。今までいろいろな経験をしてきたが、ケイティーとの交わりから生まれる強烈な快感に対する心がまえはできていなかった。これほどすばらしい感覚を味わったことはないし、これほど強く女性に歓《よろこ》びを与えたいと思ったこともない。

ジェレマイアは深く息を吸って肺に空気を送り込もうとした。「大丈夫か、ハニー?」

「ええ」ケイティーは消え入りそうな声で答えた。

その頼りなげな口調が気になってジェレマイアは

顔を起こし、長いまつ毛を濡《ぬ》らす涙に気づいてどきっとした。

「どうした？　そんなに痛かったのか？」

ケイティーは首を振りながらにっこりした。「想像していたよりもずっとすてきだったわ。ありがとう」

何も問題がないとわかってほっとし、ジェレマイアは体を横たえ、ケイティーを抱き寄せた。「礼を言わなければならないのはぼくのほうだよ」

「どうして？」ケイティーは怪訝《けげん》そうな顔をした。

「きみを抱く最初の男にしてくれたから」ジェレマイアはケイティーの額に唇を押し当てた。「ぼくを信じてくれてありがとう」

しばらく黙り込んだあと、ケイティーは口を開いた。「今夜、妊娠したと思う？」

その問いを耳にしたとたん、失望感でジェレマイアの胸が痛んだ。ケイティーと燃えるようなひととときを過ごして、どんな女性に対しても感じたことのない深い結びつきが生まれた気がしたのに、今、彼女の頭にあるのは妊娠したかどうかということだけなのか。

しかし、ベッドに横たわってしばらく考えているうち、ジェレマイアはそんなふうに感じるのはどうかしていると思い直した。二人がベッドをともにしているのは、ケイティーを妊娠させるためだということをなぜ忘れてしまった？　ぼくはケイティーともほかのどんな女性とも恋愛する気はないはずだ。絶対に。

「さあ、どうかな」ジェレマイアは頭のなかから心をかき乱す考えを追い払った。そしてケイティーをあお向けに寝かせ、長々と情熱的なキスを続けた。

「だが、一度で成功しなかったら、何度でも挑戦すればいいじゃないか」

「でも、どうしたら……まだ成功していないと……

わかるのかしら？」マラソンをした直後のように、ケイティーは息を切らしている。

「わからない」ジェレマイアは急速に硬さを増していく下腹部をケイティーの腿に押しつけた。「だが、少し保険をかけておくのも悪くないだろう」

ケイティーは大きく目を見開いた。「本によると――」

ジェレマイアはケイティーの唇に人差し指を当てて話を中断させた。「くだらない本のことなんか忘れるんだ」やわらかな肌に両手を這《は》わせると、彼女の体が熱くなりはじめた。「ぼくと一つになるのは楽しかったか？」

ケイティーはさらに顔を赤らめ下唇を噛《か》んだあと、うなずいた。

「それなら、リラックスして自然に任せてみたらどうだ？」

「それでうまくいくと思う？」ケイティーはほほえみながら彼の首に腕を絡ませた。

「もちろんさ」ジェレマイアは熱烈なキスをしてから、ふたたびケイティーの上になり、ゆっくりと熱く燃える体のなかに入っていった。

ケイティーの顔に浮かぶ歓びの表情をジェレマイアはけっして忘れないだろう。「まあ、あなたがそう思うなら……」彼女はにっこりした。

「ああ、そう思うよ。そして、自然に任せると同時に……」ジェレマイアは顔をほころばせながら腰を引き、ゆっくりと突き進んだ。「ぼくたちも努力しよう」

「おーい、誰かいるか？」

土曜日の午後、ケイティーはぱっと目を覚ました。誰かが外で叫んでいる。でも、どうして？　しょっちゅうジェレマイアを訪ねてくるのはハーブだけだ。けれど、週末は忙しいとジェレマイアがハーブに言ったはずではなかった？

ジェレマイアは罵りの言葉を吐き、乱暴に玄関のドアを開けてポーチへ出ていった。ケイティーは顔をほころばせながら思った。ジェレマイアはすぐにハーブを追い払ってくれるだろう。

ベッドのなかで伸びをしたとき、体のあちこちが痛むことに気づき、ジェレマイアとしたことを思い出した。二人は二度、官能の世界を旅したあと、抱き合ったまま眠りに落ちた。だが、夜中、ジェレマイアに起こされてケイティーはふたたびめくるめくひとときを過ごした。

さらに、ついさきほどの出来事を思い出したとたん頬が熱くなり、ケイティーは下唇を噛んで、笑い出しそうになるのをこらえた。ジェレマイアの欲望は飽くことを知らない。ソファに座ってフライ・キャスティングとスピン・キャスティングの違いを話し合っていたとき、いきなり彼に抱き寄せられた。そしてあっという間に軽々と抱き上げられてベッドルームへ運ばれた。

満足げにため息をつきながらケイティーはカバーを払いのけ、シーツを体に巻きつけてベッドから出た。ジェレマイアはとてもやさしくて思いやりがある。わたしが苦痛を感じないよう気を遣い、わたしが歓びを感じているのを見届けてから自分の快楽を追求した。彼はわたしの体についていろいろなことを教えてくれるし、自分では考えたこともない反応を引き出してくれる。

廊下を歩いているとき、ケイティーはふと足を止めてバスルームのドアの内側についている鏡を見た。この二日間にいろいろなことが変わったけれど、わたしは今までと同じに見えるのだろうか？

今でも身長は百八十センチで、体重も標準より二十キロオーバー。けれど、もうそんなことはどうでもいい。体の大きさと女性の魅力はまったく関係ないとジェレマイアが教えてくれた。

ケイティーの胸になんとも言いようのない感情が湧き上がった。ジェレマイアのおかげで生まれてはじめて大切にされるという感覚を味わった。これからは、彼に対する気持ちを抑える努力をしなければならない。二人のあいだにおたがいを引きつけ合う力が働いているのは否定できないし、ベッドでの営みは想像を絶するほどすばらしかった。けれど、ジェレマイアは妻を求めていないし、わたしも夫を求めていない。それを忘れないようにしなければ。彼と一緒に過ごしているのはロマンティックな感情を抱いているからではない。二人は協力して子供を作るという取り決めをしたのだ。それでも、今と違う状況になってくれたらと願わずにいられない。

ケイティーは思わず腹部に手を当てながら考えた。本当に成功したのだろうか？　二人はもう目的を達成したのかしら？　昨夜、あるいは今日の午後、わたしの子供を……二人の子供を身ごもったのだろうか？

「ケイティー？」

ジェレマイアの声を聞いて振り返ったとたん、ケイティーの顔から笑みが消えた。彼は少しもうれしそうではない。

「どうしたの？」ケイティーはきいた。

ジェレマイアは近づいてきて彼女の前に立った。

「お兄さんが来ているよ」

「さっきの声はアレックスだったの？」ケイティーは片手を口に当てて、驚きの声が漏れそうになるのをこらえた。「どうしてわたしがここにいるとわかったのかしら？」

ジェレマイアは口を硬く結んだ。「きくまでもないだろう？」

ケイティーは頭を振った。「サディーね」

ジェレマイアがうなずく。「きみが家にいないので、お兄さんはジェンキンズ家へ行ったそうだ。もちろんサディーはきみがどこにいるか見当がついているから、お兄さんをここへ寄こしたんだよ」

「でも、どうしてアレックスはわざわざバージニアからやってきたの？」ケイティーは疑問を口にした。「一年前のクリスマス以来、一度も家に戻ってこなかったのに」

「どうしてお兄さんがここに来たのかはわからない。だが、きみは服を着たほうがいい。彼はきみと話したいそうだ。ぼくはそのままでもとっても魅力的だと思うが、シーツしか身に着けていないきみを見たら、お兄さんはいい気分がしないんじゃないかな」

ジェレマイアは両手でケイティーの頰をはさんですばやくキスをした。「心配しなくていい。きみ一人でお兄さんに立ち向かう必要はないよ。これは二人の問題なんだから。そうだろう？」

「ありがとう」そう言いながらもケイティーは考えた。どうして自立した三十四歳の女性ではなく、反抗的なティーンエージャーのような気持ちになるのだろう？「アレックスにすぐに行くと伝えて」ジェレマイアがポーチのほうに戻りかけると、彼女はたずねた。「ハーブも一緒なの？」

ジェレマイアは振り返って首を振った。「ハーブは明日、パイニー・リバーへ釣り仲間を案内する人間を捜すのに忙しいそうだ。ハーブ自身は別の客をリトル・リバーへ連れていくらしいよ」

「ささやかな恩寵《おんちょう》に感謝したほうがよさそうね」ジェレマイアが眉を吊《つ》り上げたのを見て、ケイティーは肩をすくめた。「大騒動になったとしても、少なくとも観客はいないでしょうから」

「久しぶりね」ケイティーは兄を抱き締めた。アレックスと彼女は一つしか年が違わず、以前から仲がよかった。

「会いたかったよ、ケイティー＝ディッド《きりぎりす》」アレックスは子供のころにつけたニックネームで妹に呼びかけた。「元気だったかい？」

「ええ、元気よ」ケイティーは本当に兄に会えてうれしかった。「でも、どうして来ることを知らせてくれなかったの？」

アレックスはくやしそうな顔をした。「ぼくだって、昨夜遅く母さんからの電話でベッドから飛び起きるまで、何も知らなかったんだ」深々とため息をつく。「なんとかなだめようとしたんだが、母さんがしつこくてね。ディクシー・リッジに行って、ケイティーがつき合っている相手が誰なのか、どの程度真剣な交際なのか突き止めろって聞かないんだ」

アレックスの話にどう対応したらいいのかわからず、ケイティーはぶらんこに座っているジェレマイアのほうに目を向けた。

ジェレマイアはためらわずに片手を差し出して、ケイティーにそばに来るよう促した。「ケイティーとぼくはつい最近、つき合いはじめたばかりなんだ」アレックスに言う。「だから、これから先の話をするのは時期尚早なんじゃないかな」

そつのない対応に感謝しながら、ケイティーはジェレマイアの隣に腰を下ろした。彼がケイティーの肩に腕をまわして引き寄せるのを見て、アレックスの眉が吊り上がった。

「サディーはお母さんにどんな話をしたのかしら？」ケイティーは目の前の問題に注意を戻した。

「実を言うと、よくわからないんだ」アレックスはひどく疲れたような口ぶりで言いながら、ぶらんこの向かい側に置かれたベンチに座る。「母さんは慌てていたからね。おまえとよその町から来た人がどうのこうのと言っていたな。それからオートバイのことも何か言っていたよ」苛立《いらだ》たしげに豊かなダークブラウンの髪をなでる。「ケイティーはもう大人なんだから自分のしていることはちゃんとわかっているわ。いると言っても、母さんは納得しなくてね。サディーは、みんながジェレマイアの素性をよく知らないことを大げさに話したようだね」

「サディーの話なんか信用できないでしょう」ケイティーは急に腹が立ってきた。サディーの話で母親が動揺しただけでなく、兄まで迷惑をこうむったのだ。「いいかげんにサディーも、他人の問題に口出しするのをやめてくれるといいのに」

「わかっているだろう。そんなことはあり得ないよ」アレックスは首を振った。「だが、公正を期すために言うと、キャロル＝アンの手伝いにカリフォルニアへ行く前、母さんはサディーにおまえのことをよろしく頼むと言ったそうだ」

「そうかもしれないけれど、わたしはティーンエージャーじゃないのよ」ケイティーは苛立ちを募らせた。「一人前の大人なのだから、自分のことは自分で決められるわ。町のお節介な誰かがわたしの行動をお母さんに逐一報告する必要なんかないのよ」

アレックスは降参だというふうに両手を上げた。「昨夜、おまえと連絡が取れていたら、母さんもそれほどやきもきしなかったんじゃないかな」懸命にケイティーをなだめようとする。「だけど、夜中の十二時に電話をかけてもおまえが家にいなかったから、すっかり慌ててしまったんだ」

ケイティーは諦めたようにため息をついた。「お母さんを心配させたことは悪かったわ。でも、わたしはもう三十四歳なのよ。門限なんて必要ないし、家を留守にする理由をいちいち説明する必要もないわ。それに、わたしが何をしているのか調べるために、八百キロ以上も離れたところにいる兄を送り込むのもばかげているでしょう」

ジェレマイアはケイティーと兄のやりとりに耳を傾けていた。一つだけはっきりしていることがある。

ケイティーには心から彼女を愛する家族がいるということだ。その家族が彼女の安否を心配するのはもっともな話だろう。自分にはそういう家族の絆《きずな》はないが、だからといって理解できないわけではない。

「お母さんはきみが無事かどうかたしかめたかっただけだよ」ジェレマイアはケイティーのやわらかな頬にキスをしたあと、アレックスのブルーの目を見つめた。「昨夜、ケイティーはここに泊まったんだ」

「思ったとおりだ」ジェレマイアに向けられたアレックスの視線は揺るがない。

ジェレマイアはふと思った。おそらく近い将来、ケイティーをどうするつもりなのか彼女の兄と話し合うことになるだろう。「ケイティー、お兄さんは喉が渇いているんじゃないかな。二人で一杯やりたいから、ちょっと冷蔵庫からビールを持ってきてくれないか？」

ケイティーは怪訝そうにジェレマイアを見たが、すぐにぶらんこから立ち上がってドアのほうへ歩き出した。「お二人さん、何かほかにほしいものはある？」

「いや」ジェレマイアとアレックスは同時に答えた。

ケイティーが小屋に入るまで二人の男性は見つめ合った。「明日の朝、釣りに行かないか、アレックス？」ジェレマイアが誘った。「ケイティーに聞かれないところで話をしたいんだろう」

アレックスはうなずいた。「そのとおりだ」

「六時はどうだ？」ジェレマイアはきいた。

「早すぎるな」アレックスが不満げに答える。

ジェレマイアは噴き出した。「きみはバージニアに住んでいるそうだね。長時間車を走らせてきたから、今夜はすぐにベッドに飛び込むんじゃないか」

アレックスはうなずいた。「アレキサンドリアとディクシー・リッジはかなり離れているからな」

「アレックスはコロンビア特別区で働いているの

よ」ポーチに戻ってきたケイティーが言った。

ジェレマイアは彼女が差し出した缶ビールを受け取った。「そのあたりのことはよく知っているよ。数年前、クアンティコに駐屯していたからね」

アレックスはビールを勢いよく飲んだ。「きみは海兵隊員なのか?」

「今は違う」ジェレマイアは首を振った。ケイティーがまた隣に腰を下ろすと、彼女の肩に腕をまわした。「任務中に膝を負傷して、二カ月前に除隊したんだ」

「だから左膝に傷跡があるのね?」ケイティーはきいた。それではズボンをはいていないジェレマイアを見たことがあると言っているも同然だ。とたんに、頬が真っ赤になる。ジェレマイアはにっこりした。恥ずかしそうに顔を赤らめているケイティーはとてつもなくかわいらしくて魅力的だ。

「軟骨を何本か取り除いて、十字靭帯《じんたい》を修復しなければならなかった」そう言ったあと、ジェレマイアは軍隊生活の終焉《しゅうえん》を思うたびに感じる胸の痛みに備えた。ところが、今回は喪失感がそれほど強くないことに驚いた。

「明日の朝、釣りに行くなら、少し休んでおいたほうがいいな」アレックスはあくびをした。「ゆうべからずっと眠っていないんだ」

ケイティーは顔をしかめた。「でも、たしかお母さんから電話があったときはベッドで寝ていたと言っていなかった?」

アレックスはばつが悪そうににやりとした。それを見たジェレマイアは声をたてて笑った。「ハニー、お兄さんはベッドにいたと言っただけだ。眠っていたとは言っていないよ」

それがどういう意味か気づいたとたん、ケイティーの頬の赤みが濃くなった。ジェレマイアは思わずほほえんだ。これほどかわいらしい彼女は見たことがない。

ケイティーは首を振った。「それはもうどうでもいいわ」

アレックスはにやにやしながら立ち上がって伸びをした。「ケイティー、実家の鍵を貸してくれないか？　ぼくが持っている鍵はアパートメントに置いてきてしまったんだ」

「いいわよ」ケイティーはぶらんこから立ち上がった。「取ってくるわね」

ケイティーが両親と住んでいる家の鍵を取りに小屋のなかに入ったあと、ジェレマイアは立ち上がった。「今夜もケイティーがここに泊まると思っているんだね？」

アレックスはうなずいた。「それくらいのことはわかるさ」

「かまわないのか？」ジェレマイアはきいた。

「答えは明日、釣りに行ったあとに聞かせるよ」アレックスは顔をほころばせた。

ケイティーはトマトを切る手を止め、ぽかんと口を開けてジェレマイアを見つめた。「嘘《うそ》でしょう」

「本当だよ」ジェレマイアはうなずきながらレンジの火を消した。「今夜もきみはここに泊まるとお兄さんに話したんだ」

ケイティーは目を閉じて頭を振った。「こんなふうに手に負えない状況になるなんて、信じられないわ」

「どういう意味だ？」ジェレマイアはフライパンで焼いていた鱒《ます》を二つの皿にのせた。「ぼくはすべてうまくいっていると思っていたけどね」

ケイティーはさらに頭を振る。「たった一日で、わたしは噂《うわさ》好きな人たちに何カ月も楽しめる材料を与えて、ようやく生き方を変えて金曜の夜に家にいる以外のことをしたというだけで、母親を死ぬほど心配させてしまったわ。そうかと思えば、わたしの様子を見るためだけに二年ぶりに兄が家へ帰ってきたのよ」深々と息を吸い込む。「これは手に負えないだけじゃないわ。まさにめちゃくちゃな状況よ。それもこれも、わたしが手遅れにならないうちに子供を作りたいと思ったからなんだわ」

ジェレマイアはフライパンをレンジの奥のバーナーに置いてから、ケイティーが持っているナイフと切りかけのトマトを取って彼女を抱き寄せた。「噂好きな人間はいつだって人の噂をしているものだよ。そうだろう？　アレックスが帰る前、二人でお母さんに電話をして何も問題ないと報告したじゃないか」ジェレマイアの唇がケイティーの唇に軽く触れる。「それに、アレックスは実家に泊まるから、ぼくたちは誰にも邪魔されずにベッドで楽しむことができるんだよ」

「でも——」

「アレックスは明日の朝まで戻ってこない」ジェレマイアの意味ありげな笑顔を見て、ケイティーの体の奥が小刻みに震え、膝から力が抜けた。

ジェレマイアが耳元でささやき、自分の考えていることを伝えると、ケイティーの全身が燃えるように熱くなった。「だめよ」

「ハニー、ぼくたちはなんでも好きなことをしていいんだ」ジェレマイアが舌先で耳の下の敏感な肌をくすぐる。「必ずきみに気に入ってもらえることを証明したい」

思わずケイティーは期待に身を震わせた。「でも——」

「妊娠のことは忘れて、ぼくがしていることをただ楽しんでくれ」ジェレマイアが唇を重ねて熱烈なキスを開始すると、ケイティーは頭がくらくらした。

「つまり、自然の流れに任せるということね」ケイティーは昨夜、ジェレマイアに言われたことを繰り返した。

ジェレマイアが二人の下半身をぴったりとつけてふたたび貪るように唇を奪うと、ケイティーは週末を一緒に過ごす理由を忘れた。大事なのは、あっという間になくてはならない存在になった男性の腕に抱かれていることだけだ。そう考えて、胸の鼓動が速くなった。もし考える時間があったら、怖くなっていたかもしれない。だが、ケイティーを抱いたままジェレマイアが動き出したとたん、彼女の体のなかを熱いものが流れた。今は、ジェレマイアが感じさせてくれるもの以外は何も感じられない。

ジェレマイアは唇を離してケイティーの手を取り、廊下を歩きはじめた。「自然の流れにのって、ぼくたちも最後まで行こう」

「夕食はどうするの？」ジェレマイアが立ち止まってケイティーを抱え上げると、彼女は声をたてて笑った。

ジェレマイアはにやりとした。「あとで電子レンジで温めるとしよう。ただしベッドから出る元気が残っていたらの話だ」

ベッドルームに入るや、ジェレマイアは足でドアを閉めてケイティーを床に立たせた。「まず邪魔なものを片づけよう」そう言うが早いか、彼女が着ているブルーのTシャツの裾を持ち上げた。

あっという間に二人とも、身に着けているものをすべて取り去った。ジェレマイアはケイティーをベッドへ連れていき、彼女がゆったりと横たわるあいだ待った。それからケイティーの隣に寝そべって彼女を抱き寄せ、やさしいキスを始める。

ジェレマイアがケイティーの唇を開いて、ふたたび甘くとろける内部を探求しはじめると、たちまち体中の細胞が活気づいた。彼の舌が慣れた様子で動きまわるうち、ケイティーの閉じられたまぶたの裏で光が揺れ、熱いものが全身を駆け巡った。

ジェレマイアの手はケイティーの腹部へ滑り下りたかと思うと、今度は上へ向かいふっくらした乳房を包み込んだ。少しざらざらする親指で硬く張りつめている先端を愛撫《あいぶ》された瞬間、彼女のなかで火花が散った。ところが、彼の唇が離れて親指のあった場所へ移ったとき、快感は新たな段階に達した。ジェレマイアはふくらみの先端のまわりでゆっくりと舌を動かしながら容赦なくもてあそんだあと、先端を口に含んで深く吸い込んだ。

ケイティーの体は電気が流れたような緊張感を帯びている。ジェレマイアの唇はじょじょに腹部のほうへ下りていった。ケイティーは彼にかき立てられる甘美な感覚に陶然となっていたので、おへそのすぐ下の敏感な肌に唇を押し当てられたとき、しばらく彼の意図に気づかなかった。

「だ、だめよ、そんなことできない……」ケイティーは異議を唱えたが、自分でも説得力のない言い方に聞こえた。

ジェレマイアが低い声で笑ったのと同時に、ケイティーの腹部に甘美な震動が伝わった。「ハニー、ぼくは〝できる〟だけじゃなくて、実際にそうするつもりだよ」

ジェレマイアが口で愛撫を再開したとたん、ケイティーは大きく身を震わせた。彼の唇は腿のつけ根を通って膝の内側に入り込んだかと思うと、ふたたび上がってきた。ジェレマイアは彼女の情熱の源泉を見つけ出し、さきほど夕食の準備をしていたときに約束したことを実行した。ケイティーはシーツを握り締め、こらえ切れずに切なげな声をあげた。ジェレマイアの巧みな愛撫が続くうち、歓喜の波が押し寄せてきて、新たな情熱の高みへと押し上げられ、ケイティーは今にも正気を失いそうになった。

「お願い、ジェレマイア」

ジェレマイアは顔を上げてにっこりした。「これが好きなんだろう、ケイティー?」

「い、いいえ」ふたたび唇を奪われたとき、ケイティーは考えることも息をすることもできない気がした。「ええ……そうよ。お願い……わたしがほしいのは――」

「何がほしいんだ?」ジェレマイアはケイティーの体に自分の体を重ねた。

ケイティーは秘めやかな部分に触れる熱く硬いものを感じた。ジェレマイアが彼女を見下ろして返事を待っている。「わたしが……ほしいのは……あなたよ」

「ぼくにどうしてほしいんだ?」ジェレマイアはケイティーの頬にかかる髪を払いのけた。

「な、なかに」ジェレマイアがほんの少し動いただけでケイティーは息をのんだ。

「こんなふうに官能の世界を旅するのは楽しいと言っただろう?」ジェレマイアはきいた。

「ええ」すぐに彼が行動を起こしてくれなかったら、ケイティーは燃えつきてしまいそうだった。

ジェレマイアがケイティーを抱き、滑らかに一突きして二人の体を結びつけた瞬間、彼女のなかで花火が上がった。ジェレマイアは度重なる行為でケイティーの体が痛みを感じていないか配慮しているらしく、ゆったりとしたペースで動いている。そんな彼を好きになってしまったことは、もう否定できない。

もし今、考える余裕があったら、ケイティーはパニックになっていただろう。けれど、彼女のなかで高まっている緊張感は、あっという間に最高潮に達し、自分を貫く熱い高ぶり以外は何もわからなくなった。

ジェレマイアはケイティーが絶頂の瞬間を求めていることに気づいたに違いない。突き進む勢いが激しくなった。すると、とつぜん彼女のなかできつく巻きあげられていたものが弾《はじ》け飛び、歓喜の波が押し寄せた。閉じたまぶたの裏で無数の星がきらめいている。ケイティーは二人の魂が一つに結ばれて、愛し合う者しか行くことのできない場所へ連れ去られたような気がした。一瞬、大きな体が動きを止めたかと思うと、ジェレマイアはケイティーの名前を呼び、ともに歓喜の渦にのみ込まれて荒れ狂う嵐から解放された。

ジェレマイアは彼女の上に倒れ込んだ。ケイティーは肩に腕をまわして彼をしっかりと抱き締めたが、ふいに対処できない感情に襲われた。どうしてこんなにすぐに、ジェレマイアがこれほど大切な存在になってしまったのだろう？

二人が一緒にいるのはあくまでも子供を作るためだ。それは最初からわかっている。それなのに、どうしてジェレマイアに特別な感情を抱いてしまったの？

ケイティーは下唇を噛み、懸命に取り乱さないようにした。ジェレマイアの条件に同意したとき、わたしは危険なゲームにのったのだ。彼がベッドのなかで奪ったのはわたしの純潔だけではない。

どこかでわたしの心も奪ったのだ。

8

ジェレマイアは釣竿《つりざお》を何度か振って糸を伸ばしてから、オレンジ色のコードの先端についている鉤素《はりす》に結びつけたウーリー・バガー製の毛鉤《けばり》を、上流の水面に触れさせた。少し離れたところでアレックスも同じことをしている。ほどなく二人はかなり大きな鱒《ます》を釣り上げた。魚相手に駆け引きをしているあいだ、アレックスは何度かジェレマイアのほうを見たが、近づいてきて話しかけようとはしなかった。

「もう限界だ」ついにアレックスが言い、水のなかをゆっくりとジェレマイアのほうに歩いてきた。そして水際の倒木を指差す。「ちょっと座って話をしないか？」

ジェレマイアは糸を巻き、アレックスのあとから川岸のほうへ歩いていった。アレックスが何をきこうとしているのか見当はつくが、どう答えたらいいかわからない。

ケイティーの兄に嘘《うそ》をつくつもりはないし、自分と彼女が永続的な関係を築く計画を立てていると言うつもりもない。二人が合意したのは一緒に子供を作る計画だけだ。しかし、ケイティーに対してなんらかの感情を抱いていることも否定できない。

どういうわけか自分でも気づかないうちにケイティーの虜《とりこ》になり、この二日間、ディクシー・リッジに永住する可能性まで真剣に考えている。彼女を妊娠させることに成功したら、この町は自分にとって唯一の血縁者が住む場所になる。今は海兵隊の気の向くまま移動してまわっているわけではないから、どこかを〝わが家〟と呼ばなければならない。

戦略的に考えて攻撃態勢を取ったほうが有利だと

判断し、ジェレマイアは倒木に腰を下ろして釣竿を分解しはじめた。「ぼくと彼女の関係がどの程度真剣なものか知りたいんじゃないのか」ばらばらにした釣竿を収納ケースに入れる。

「そんなことも頭に浮かんだがね」アレックスもジェレマイアから借りた釣竿を分解した。

「正直な話、ケイティーに対して最大限の敬意と称賛の気持ちを持っていること以外、何も言えないんだ」ジェレマイアは川床の岩の上を勢いよく流れる水を見つめた。「彼女は特別な女性だ」

アレックスは釣竿のケースを閉じた。「昨日、ケイティーも言っていたとおり、あいつは自分のことは自分で決められる年齢だ。ぼくもそう思う。あいつはもう子供じゃない。自分の意志と考えを持つ大人の女性だ」アレックスはジェレマイアの目を見すえた。「だが、ぼくはケイティーが傷つくのを見たくないんだ」

「きみが心配する気持ちはよくわかるよ」ジェレマイアはうなずいた。「安心してくれ。ぼくはきみの妹を傷つけたり、悲しませたりするようなことをするつもりはない。今、言ったとおり、ケイティーは特別な人なんだ」

アレックスは水のなかに小石を投げた。「あいつには男とつき合った経験がない」

ジェレマイアはうなずいた。「最初に話をしたときにわかったよ」

「ケイティーがデートをしているところなんか誰も見たことがないから、今、ディクシー・リッジ中が、きみたちの噂《うわさ》で持ち切りだそうだよ」アレックスは言った。

「それが小さな町の最大の欠点だな」誰かがケイティーを中傷しているかと思うたびに、ジェレマイアは胸が締めつけられるような感覚を覚えた。「ここの住人は誰でもほかの人間のことを知っているんだな」

「そうなんだ。だからぼくは、ここから遠く離れた場所に仕事を見つけた」アレックスは不愉快そうに言った。「みんなが他人の噂話ばかりしていることにうんざり――」

アレックスが急に話をやめたので、ジェレマイアはいぶかしげな目つきで見た。アレックスは楽しくないことを思い出したようだ。しかし、ジェレマイアは詮索するつもりはなかった。自分の過去にも話したくないことはある。

「とにかく、何を言われても、ケイティーならうまく処理できる」ようやくアレックスは言った。

ジェレマイアは立ち上がり、ゴム製の防水ズボンを脱いだ。「ぼくのことはなんと言われてもかまわない。だが、誰かがケイティーの悪口を言うのは聞きたくない」

「きみが何をしようと、ここの住人は噂話をするよ」アレックスは肩をすくめた。「きみとケイティーのことがなければ、ほかの誰かの噂をするだけさ」

「つまり、ケイティーとぼくが今月の話題になっているあいだ、一時的にほかの気の毒な人間が救われているというわけだ」ジェレマイアはにやりとした。

アレックスも笑いながら立ち上がり、ジェレマイアから借りた防水ズボンを脱いだ。「まあ、そんなところだね」だが、釣り道具を集めはじめた彼の顔に浮かんでいたのは、笑みではなく真剣な表情だった。「ぼくが頼みたいのは、ケイティーを傷つけないでくれということだけだ。あいつは誰よりもたくましくて、何をやっても手際よくこなす。だけど、さっきも言ったように、恋愛経験がまったくないんだ」

「なあ、ちょっと理解できないんだが」小屋へ通じる小道を歩きはじめたとき、ジェレマイアは言った。

「このあたりに住んでいる男たちはどうしたんだ?みんな見る目がないのか? ケイティーは頭がいいし、ユーモアがあって、とびきりの美人じゃないか」そう言って頭を振る。「彼女の目を自分のほうに向けさせることができた男は幸せ者だよ」

アレックスは立ち止まり、満面に笑みを浮かべた。「気に入ったよ、ガン。きみはケイティーにもってこいの相手になりそうだ」ジェレマイアが釣り道具を保管している物置の前に来ると、アレックスはまた真顔になった。「だが、兄として警告しておく。万が一妹を傷つけたら、ぼくはきみをぶん殴るためだけに、八時間かけてこの町に戻ってくるからな」

「そんな心配はいらない」ジェレマイアは釣り道具を物置に入れてからドアを閉め、振り返ってアレックスと向かい合った。「だが、万が一ケイティーを傷つけるようなことがあれば、思いきりぶん殴られても仕方ないな」

「ヘレン、診療所から注文された料理はもうできたかしら?」ケイティーは歩いてきて厨房《ちゅうぼう》をのぞいた。「レキシーがマーサと先生のランチを取りに来ているのよ」

「あら、こんにちは、レキシー」ヘレンがカウンターの反対側に立っている女性に声をかけた。「もうすぐできるわ」

「子供たちは元気なの、レキシー?」ケイティーはお客が食べた食器を片づけた。「ストーン・マウンテンは楽しかった?」

「ええ。今、診療所でマーサに旅行の話をしているところよ」レキシーは笑った。「もちろん、マーサはもうタイからお土産話を聞いているでしょうけれど。主人もマシューやケリーに負けないくらい旅行を楽しんでいたわ」

「赤ちゃんは今、何カ月になったの、レキシー?」

最近、ケイティーは誰にでも赤ん坊のことをきいている。子供が好きなせいもあるが、それより生理が二週間も遅れていることと関係があった。

「信じられないけれど、ジェイソンはもう一歳になるのよ」レキシーの言い方には間違いなく誇らしげな響きがあった。

「できたわよ」ヘレンが厨房から声をかけた。「レキシー、そのブラックベリー・パイをじっくり味わってちょうだいね。うちのジムが摘んできたんだから」

ケイティーはレキシーにテークアウト用の料理が入った袋を渡してから、レジに金額を打ち込んだ。だが、自分に注がれるレキシーの視線に気づいて顔をしかめた。「どうかした?」

「ケイティー、大丈夫? 顔色が悪いわ」

ケイティーは笑った。「大丈夫よ。ちょっと疲れているだけ」

「そりゃあ、疲れているでしょうとも」ミス・ミリー・ロジャースが足を引きずりながらカウンターに近づいてきた。「仕事をしていないときは、いつもパイニー・ノブにいるあのよそ者と一緒にいるんですものね」

レキシーはにっこりすると、老婦人の肩をたたいた。「別に悪いことではないでしょう、ミス・ミリー」そう言って出口のほうへ歩き出した。「ケイティー、いつまでも疲れが取れないようなら、タイに診てもらいなさい」

「そうするわ」ケイティーはレキシーに手を振った。

ジェレマイアが代金を支払うためにカウンターに近づくと、ミス・ミリーは歯の抜けた口を開けて笑いながら彼を見上げた。「ちょっと、お若いの、夜はケイティーをもっと休ませてあげなさいよ。かわいそうに、こんなにやつれているじゃないの」

ジェレマイアの端整な顔に浮かんだ驚きの表情を

見て、ケイティーは噴き出しそうになった。「あら、ミス・ミリー、ジェレマイアにオートバイに乗せてくれないかと誘ってみたらどう？　妬《や》いているんでしょう」ケイティーはからかった。八十五歳のミス・ミリーはディクシー・リッジでは二番目の年長者で、間違いなく愛すべき人物だ。

「ええ、そうですとも、妬いているのよ、ケイティー」老婦人は甲高い声で笑った。「あと四十歳若くて、歯が全部揃《そろ》っていたら、この若者を捕まえて逃がさないのだけれど」

ジェレマイアはケイティーにウインクした。「ぼくのハーレーに乗ってみますか？」

「とんでもない。ケイティーは彼氏を盗《と》られたくないでしょうしね」ミス・ミリーはぱっと顔を輝かせた。「それに、あんなものに乗ったら、スカートがまくれ上がって町中の人に新しいズロースを見られてしまうじゃないの」ジェレマイアをなめるように見る。「そうは言っても、あなたみたいに図体《ずうたい》が大きくて、男前で威勢のいい若者にしがみつくなんて、ちょっとそそられる話だわね」

ジェレマイアの顔が赤くなるのを見てケイティーは声をあげて笑った。どうやら彼はこんなふうにずけずけとものを言う老婦人にどう対処したらいいのかわからないようだ。

「あら、ミス・ミリー、あなたがそんな話をしているのを聞いたら、ホーマーはなんて言うかしら？」ジェレマイアがかわいそうになり、ケイティーは助け船を出した。

老婦人は鼻を鳴らした。「この六十年間、わたしはあのおばかさんが結婚を申し込むのをずっと待っていたのよ。もっとも今、ホーマーがひざまずいたとしたら、二度と立ち上がれないでしょうけどね」ジェレマイアのほうを向いて骨張った指を振る。「ホーマーがわたしにしたのと同じことをケイティーにしないでちょうだいよ。しばらくいちゃいちゃするのもいいけれど、いずれ白黒はっきりさせなければならないときが来るんですからね」

ミス・ミリーは手を伸ばしてジェレマイアの腕をたたき、ケイティーにランチの代金を渡したあと、そそくさとカフェから出ていった。

「いったいなんの話だ？」ジェレマイアは困惑顔できいた。「〝白黒はっきりさせなければならない〟というのはどういう意味なんだ？」

「あれはミス・ミリーなりの言い方で、結婚する気がないならつき合いはやめたほうがいいと伝えていたんじゃないかしら」ケイティーはため息をついた。「わたしたちはああいう人たちと闘わなければならないのね」

「ほかの人からも何か言われたのか？」ジェレマイアはケイティーにランチの代金を渡した。「サディーと、仲間のおしゃべりばあさんたちはどうだ？」

ケイティーは首を振った。「みんなが噂話をしているとしても、まだわたしの耳には入ってこないわ」

「たぶん何も聞こえてこないと思うよ」

「本当に？」ジェレマイアの言葉が信じられず、ケイティーはきいた。

ケイティーは釣り銭を渡そうとして、ジェレマイアの笑顔を見たとたん脈拍が速くなった。「アレックスがバージニアに帰った翌日、ハーブと話をしてある取り決めをしたんだ」

ケイティーはジェレマイアを見つめた。「ハーブになんて言ったの？」

ジェレマイアは肩をすくめた。「ぼくたちの噂は聞きたくないと伝えた」

「そんな取り決めをしてハーブになんの得があるというの？」ケイティーもばかではないので、ハーブが見返りなしにサディーを黙らせることに同意するとは思わなかった。

「そんなことはどうでもいい」ジェレマイアは相好を崩し、カウンター越しに手を伸ばしてケイティーの手をつかんだ。「三時ごろ迎えに来るよ」

「その必要はないわ」ケイティーは首を振った。「ちょっと昼寝をしてから車でパイニー・ノブに行こうと思っているの」

「どこか悪いのか?」ジェレマイアが心配そうにたずねる。

ケイティーはほほえみながら答えた。「大丈夫よ。最近、ちょっと寝不足気味なだけ」

「昼寝はいい考えだ」ジェレマイアがセクシーな笑顔を見せると、ケイティーの体はとろけそうになった。「この週末もたっぷり寝るのは無理だろうからね」

ジェレマイアはポーチの階段に座り、暮色が広がる山の景色を眺めていた。夕食の時間が過ぎたのに、ケイティーはまだ現れない。本当なら何時間も前に来ているはずなのに。ジェレマイアはまた腕時計を見た。すぐにケイティーが姿を見せなかったら、オートバイを走らせて山を下り、どうして彼女が来ないのか、理由を突き止めよう。

とつぜん心臓が激しく鼓動しはじめた。今まで女性に約束をすっぽかされるのではないかと気を揉《も》んだことがあっただろうか?

だが、ぼくが待っているのはただの女性ではない。ケイティーだ。いったん約束しておきながら守らないのは彼女らしくない。きっと何かあったに違いない。

ジェレマイアの胸になじみのない感情が広がった。今までほとんど抱いたことのない感情。恐怖だ。

軍務に服しているあいだ、何度も戦場に送り込まれた。そんなときは不安を覚え、少なからず警戒心を抱いたが、今感じているような恐怖を経験したことはない。

胸が締めつけられるような感覚を覚え、ジェレマイアはつばをのみ込んだ。ケイティーの身に何かあったらどうしよう？

ジェレマイアは立ち上がり、ジーンズのポケットに手を突っ込んでオートバイのキーを取り出すと、ハーレーダビッドソンのほうへ歩いていった。ぶらぶらしながらケイティーが現れるのを待っているなんてごめんだ。彼女を見つけ出して、この目で無事を確かめよう。

ジェレマイアは革製のシートにまたがったが、どうしてこんなにケイティーの居場所や安否が気になるのかは考えないようにした。また、自分の動機をあまり綿密に分析しなかった。自分の新たな一面と向き合う覚悟ができているのかどうか、よくわからなかったのだ。


しかし、オートバイのエンジンをかけようとしたとき、私道に入ってくる車の音が聞こえた。視線を上げると、ケイティーのまっ赤なＳＵＶ車が視界に飛び込んできた。そのとたん、胸のなかに安堵感《あんどかん》が広がった。彼女の車が近づいてきて、オートバイの横で止まった。

ジェレマイアはハーレーから降り、ＳＵＶ車の運転席のほうに歩いていくと、勢いよくドアを開けた。

「いったいどこに行っていたんだ？」

「何をそんなにいらいらしているの？」ケイティーは怪訝《けげん》な顔をしてジェレマイアをにらんだ。彼女よりも小さな男ならその迫力に怖《お》じ気づいたことだろう。

しかし、最初に感じた恐怖が根拠のないものだとわかったあと、ジェレマイアは彼女が電話で到着の遅れを知らせなかったことに腹を立てた。「ケイティー、きみは仕事のあと、少し昼寝をしてからここに来ると言っていた。それから五時間以上も経《た》っているじゃないか」

「思っている以上に疲れていたみたいね」ケイティーは肩をすくめながらSUV車から降りた。「四時間近く眠ってしまったわ」

「本当に大丈夫なのか？」このところずっと、二人とも少し寝不足気味だが、ジェレマイアは彼女がそこまで疲れているとは思わなかった。

「大丈夫よ」ケイティーは片手で口を覆いながらあくびをした。「もっともすぐにでもまた眠れそうなんだけど……」

ジェレマイアはケイティーを引き寄せてしっかりと抱き締めた。彼女をじゅうぶんに休ませなかった自分に腹が立つ。しかし、この四週間、何度彼女を抱いてもじゅうぶんと思えなかった。ひょっとすると、永遠にないのかもしれない。

「今夜は何もせずに眠ろう」ジェレマイアはきっぱりと言った。

ケイティーがジェレマイアを見上げた。アクアマリン色の目に浮かぶ失望の色に気づき、彼は自分の言ったことを撤回しそうになった。「でも、わたしは――」

気が変わらないうちにジェレマイアは続けた。

「子供を作ることは明日の朝、また考えよう。今夜は休んだほうがいい」

「わたしが考えていたのは子供のことじゃないわ」ケイティーはおずおずとほほえんだ。

そういえばこの一週間、ケイティーは子作りの話をしていない。それに気づいた瞬間、ジェレマイアの胸になんとも言いようのない感情が湧き上がった。ケイティーがベッドをともしているのは、ぼくを求めているからで、妊娠しようとしているからではないのだ。

「きみが言おうとしているのは、ぼくとベッドをとともにするのが好きだということか？」ジェレマイアはケイティーの耳元でささやき、彼女の体に走ったかすかな震えを感じ取ってにっこりした。

ケイティーは少し身を引いてジェレマイアを見上げた。「それに答える前に、ちょっとききたいことがあるの」

「言ってごらん」

「どうしてわたしが遅れたことに、あんなに腹を立てたの？　まさかわたしのことを心配していたわけじゃないでしょう？」

「ああ」ジェレマイアは嘘をついた。ケイティーが夕食の時間になっても現れなかったとき、どれほど心配したかを思い出すと、今でも落ち着かない気持ちになる。だが、そのことを彼女に知られると思うと、いっそう心が乱れる。「きみの質問には答えたから、今度はきみがぼくの質問に答える番だ」そう言ったあと、息もつけないほど激しく唇を奪った。

「ぼくとベッドをともにするのは好きか？」

「いいえ」ケイティーは首を振った。

ジェレマイアはにやりとした。「どうしてきみのことが信じられないのかな？」

「あなたがわたしのことを心配していなかったという話も信じられないわ。たぶんそれと同じ理由からでしょうね」ケイティーはやさしくほほえんだ。

ケイティーがたくましい腕のなかから抜け出してポーチのほうへ歩き出すと、ジェレマイアはうなるような声をあげた。彼はケイティーが歩いているときの腰の動きが好きだった。だが、その場にたたずんで魅惑的な光景を楽しみながらも、心のなかでは苦悶《くもん》した。彼女を抱かずにいるには、ありったけの意志の力を働かせなければならないだろう。

ケイティーは大丈夫だと言ったが、最近、とても疲れているようで気になって仕方ない。彼女は病気なのだろうか？　そんなふうには思えないが、ぼくに何がわかるというんだ?

ぼくは医師でもないし、女性の体の神秘的な働きについて知ったかぶりをするつもりもない。もちろん基本的なことは知っているが、それ以外のことはわからない。

ケイティーのあとから階段を上っていく途中、ジェレマイアは既婚者の海兵隊仲間が女性について言っていた話を思い出した。〝月のものが来ているときの女性は、そばにいたらすぐにわかるよ。妙に疲れているように見えるし、えらく怒りっぽいんだ〟

原因を突き止めたと思い、ジェレマイアは安堵《あんど》のため息をもらした。ケイティーの生理が始まるとしたら、つまり妊娠していないということだ。妊娠していないとしたら、少なくとももう一カ月間、今の関係を続けられるということだ。

それが身勝手な考えなのはわかっている。二人の取り決めは子供ができるまでベッドをともにするというものだ。だが、もっとケイティーを抱いて歓《よろこ》びを追求する時間がほしい。

どうしてこうなったのかはよくわからないが、ケイティーとベッドをともにすることはどうしてもやめられない習慣になってしまったのだ。

9

小さなバスルームのドアを開けたとき、よく響くバリトンの声が聞こえてケイティーはにっこりした。ジェレマイアが古いカントリーソング《ロッキー・トップ》を大声で歌っているのだ。この一カ月間で、彼にはたくさんの魅力があることを知った。その一つが、朝、シャワーを浴びるときに歌うのが好きだということだ。

「子供のころ、その曲のコーラス部分を歌うとき〝ロッキー・トップ〟を〝パイニー・ノブ〟に替えて歌ったものよ」ケイティーは笑いながらシャワー室の端に近づいた。

「なかに入って、歌ってくれないか?」そう言ったのと同時に、ジェレマイアはシャワーカーテンを開け、小さなシャワー室にケイティーを引っ張り込んだ。

ケイティーは悲鳴をあげたが、逃げようとしても無駄だった。ジェレマイアの力にはかなわない。それに、もう全身ずぶ濡《ぬ》れになっている。

ケイティーはジェレマイアを見上げた。「こんなことをするのは、何か理由があるからなんでしょうね」

ジェレマイアはにやにやしながらケイティーを見下ろした。「きみがどうなるか見てみたくてね」それから、満足げにうなずく。「濡れたTシャツ美人コンテストに出たら間違いなく優勝だ」

「ええ、そうでしょうとも」ケイティーは胸に張りついたTシャツを見てから、ジェレマイアのウエストに腕をまわした。「朝食はベーコンエッグでいいかどうかきくつもりだったのに、あなたがこんなことをするから……」

「今朝は別のものが食べたいな」ジェレマイアは自分の体にケイティーの体を押しつけ、彼女の首筋に唇を寄せた。「そうだ、きみを食べることにしよう」

降り注ぐ湯の飛沫《しぶき》とは関係ない熱気が体の隅々まで広がり、ケイティーは何も考えられなくなった。

「わたしが……メニューに載っていたなんて……知らなかったわ」

「そうなのか」ジェレマイアは、ぐっしょり濡れた彼女のシャツをジーンズのウエストから引き出そうとした。「きみのおいしそうな体は最高のごちそうだよ」

そのとき、下腹部に激しい痛みを感じ、ケイティーの笑い声がとぎれた。苦しげな声をあげながら、彼女は目を閉じてジェレマイアにしがみついた。

「どうしたんだ、ケイティー？」ジェレマイアはびっくりしてきいた。

ケイティーはうめき声をあげながら首を振った。

「よく……わからないわ」ところが、始まったときと同様、痛みはいきなり治まった。「ここから……出たほうがよさそうね」震える声で言った。

「前にもこんなことがあったのか？」ジェレマイアは蛇口をひねって湯を止めた。シャワー室から出てケイティーが着ているものを脱がせると、タオルで体を拭いた。「ベッドに入ったほうがいい」

「大丈夫よ」そう言いながらケイティーは考えた。この激しい腹痛は生理が始まる前兆だろうか？　生理が遅れていることに気づいたとき、妊娠したのではないかと期待した。けれど、そのことはジェレマイアに話していない。妊娠したと決めてかかるのは時期尚早のような気がしたのだ。

ジェレマイアはケイティーをせかして廊下を進み、ベッドルームに入った。「きみはどこか具合が悪いんだ。この数日間、ずっとそうだったんだろう」

「ちょっと疲れているけれど、気分は悪くないわ」ケイティーはジェレマイアがたんすの引き出しから何かを引っ張り出すのを見た。「あら、そこにわたしのナイトシャツを隠していたのね」

「きみに見つけられたくなかったんだ」ジェレマイアは心配そうな顔をした。「これを着てくれ」ケイティーが身なりを整えているあいだに自分も下着を着けてジーンズをはいた。「さあ、ベッドに入って」

「でも、気分は悪くないのよ。たぶん生理前の腹痛じゃないかしら」そんな個人的な問題をジェレマイアに話しているかと思うと、恥ずかしくてケイティーの頬が赤くなった。

「今までにさっきのような痛みを感じたことはあるのか?」ジェレマイアは詰問口調で言いながらグレーのTシャツを着た。

「ないわ。でも――」

「ベッドに入るんだ」世話をやきたがるジェレマイアに苛立《いらだ》った様子でたたずんでいるケイティーの腰に手を当て、にらみつける。「これは命令だ」

ケイティーは鋭い目つきでジェレマイアを見ながら頭を振った。「そのいかにも軍曹然とした態度をどうにかしてくれないかしら。わたしは子供じゃないんだから、そんなふうにあれこれ命令されるのはごめんだわ」

二人がつき合いはじめてから一カ月経《た》つが、今をのぞいてジェレマイアが驚きのあまり言葉を失ったのは、あのときだけ――ケイティーが子作りに協力してほしいと頼んだときだけだ。彼女はふいに泣き出しそうになり、下唇を噛《か》んでおとなしくベッドに入った。

しばらくのあいだ、ジェレマイアはケイティーを見つめていた。彼女の言動をどう判断したらいいのかわからないらしい。正直なところ、ケイティーもどうしてあんな態度を取ったのかわからない。

端整な顔に浮かんでいた困惑の表情が消えると、ジェレマイアは首の後ろをさすった。「それはその、女性がときどき経験する月経前症候群というやつなのかな?」

「よく……わからないけど……」ケイティーは鼻をすすった。今までにも小さな気分の変動や軽い苛立ちは経験しているが、こんなふうになったことはない。「そうかもしれないわね」

「ケイティー、泣かないでくれ」ジェレマイアはベッドに腰を下ろしてケイティーを抱き寄せた。「大丈夫だよ。二、三日したら、気分もよくなるから」

これ以上歯止めがきかなくなり、ケイティーはジェレマイアにしがみついて泣きじゃくった。ようやく感情を抑えられるようになったときには、疲れ切ってただ眠りたかった。

「ちょっと……眠ったほうが……よさそうね」とぎれとぎれに言った。

ジェレマイアはケイティーをベッドに横たわらせ、思いやりあふれる笑顔を見せた。「目が覚めたときには気分がよくなっているんじゃないかな」彼女の涙を親指で拭う。「何かあったら呼んでくれ。いいね?」

ジェレマイアにやさしく話しかけられ、髪をなでられると、ケイティーの気持ちは落ち着き、うなずいたと同時にまぶたが閉じた。どうしてこんなふうになるのかわからないけれど、そろそろ原因を突き止めなければならない。月曜の朝いちばんに診療所に電話をかけて予約を入れよう。

ジェレマイアは〈ブルーバード・カフェ〉のテーブルからテーブルへと動きまわっているケイティーの一挙一動を見守った。彼女の今日の様子が気に入らない。いつもは血色のいい顔が青ざめているし、どこか痛むかのように歩き方が遅い。

ジェレマイアは胸が苦しくなった。できることなら、ケイティーの痛みを代わりに引き受けてやりたいくらいだ。しかし、それはできないから、どうしようもなく苛立たしい。

この関係を始めたのは、ケイティーが切望する子作りに協力するためだったかもしれないが、あっという間に彼女は、ぼくの人生でいちばん大切な人になった。ケイティーが健康で、永遠にぼくの人生にいてくれるなら、子供ができなくてもかまわない。

とつぜん心臓が激しく鼓動しはじめたので、ジェレマイアは深く息を吸い込んで脈拍を落ち着けた。ぼくはケイティーに恋をしてしまったのだろうか。そんなばかな男ではないはずだ。しかし、懸命に否定しながらも、思いは心にしみ込みはじめた。何もかもほしい。ケイティーも子供も、生まれてはじめて〝わが家〟と呼べる場所も。

ジェレマイアはぼうっとしながらテーブルに置かれている皿を見下ろし、ふたたび目を上げて愛する女性を見た。いつそんなことになったのだろう？　いつケイティーはぼくの心を盗んだんだ？

振り返ってみると、ケイティーのためにカフェのドアを押さえてあげた日、目が合った瞬間に愛してしまったのだろう。今まではそれを否定し、付帯条件のないいつかの間の関係にしか興味がないと自分に言い聞かせてきた。だが、自分に嘘《うそ》をついていただけだ。

「おい、聞いているのか？」ハーブがジェレマイアの顔の前でしわだらけの手を振った。

「ああ、すまない、ハーブ」ジェレマイアは目の前に座るハーブの話に集中しようとした。「いや、あの小屋をどうしたいのか、まだレイにきいていないんだ」

「なあ、ジェレマイア」ハーブはうんざりしたように言った。「わしはこの取り決めで自分の責任は果たしたぞ。サディーはおまえさんとケイティーの噂話《うわさばなし》を誰にもしとらん」ジェレマイアの目を見すえる。「おまえさんもそろそろ煮え切らない態度を改めて、どっちにするか決めたらどうだ」マッシュポテトをのせたフォークをジェレマイアのほうに向ける。「先週、〈パイニー・ノブ・アウトフィッターズ〉の共同経営の話を打診されたときから、おまえさんが決心するのを待っているんだよ」

ジェレマイアはその問題を真剣に考えた末、山の生活が好きだという結論に達した。シンプルでのんびりした暮らしが気に入っているだけでなく、ケイティーやいつか二人が生み出すかもしれない子供と一緒にいたいと思ったのだ。

「共同経営者になるにはいくらかかる？」ジェレマイアは注文したローストビーフを一口食べた。

ハーブは金額を挙げたあと、言い添えた。「それで対等のパートナーになるんだ」破顔一笑する。

「わしが引退するときには、真っ先におまえさんが〈パイニー・ノブ・アウトフィッターズ〉の単独の所有者になるチャンスを与えるよ」

「あなたの息子たちはどうなる？」ジェレマイアはきいた。「あなたが引退したら、店を継ごうと思っているんじゃないか？」

「とんでもない」ハーブはアイスティーを飲み、首を振った。「二人とも、何年も前にノックスビルに引っ越してしまった。戻ってきてディクシー・リッジで暮らすつもりなんかさらさらないさ」

ジェレマイアはうなずいた。「それなら、文書による契約が必要だな」

ハーブはうなずいた。「ガトリンバーグにいる弁護士がそういったことはすぐに手配してくれるよ」

「契約書の準備が整ったら、すぐに知らせてくれ」

ついに決断を下すことができて、ジェレマイアはいい気分だった。「一緒に弁護士事務所に行って手続きをしよう」

「すぐに取りかかるよ」ハーブは椅子を後ろに引いて立ち上がった。「契約がまとまるまでにたいして日にちはかからんだろう」満面に笑みを浮かべてテーブルに紙幣を数枚置いた。「それじゃ、またな、相棒」

ハーブがものすごい速さでカフェから出ていったので、ジェレマイアは噴き出しそうになった。だが、ケイティーが崩れるように椅子に座り込んだのを見るや、顔から笑みが消えた。彼女はさらに顔色が悪くなったように見える。

すぐさまジェレマイアは立ち上がり、店の反対側へ歩いていくと、ケイティーの前にひざまずいた。「また痛むんだね、ハニー?」

つかの間、ジェレマイアの顔を見つめたあと、ケイティーはうなずいた。「仕事が終わったら、診療所に行くことになっているの」

ジェレマイアは腕時計を見た。「それでは遅すぎる。今、連れていくよ」

「ここを離れるわけにはいかないわ」ケイティーは異議を唱えた。「ヘレンが――」

「一人でも切り盛りできるよ」ジェレマイアはウエストに腕をまわしてケイティーを立たせた。「いちばん混み合う時間は過ぎただろう。今はカフェよりもきみの体のほうが大事だ」彼女に手を貸してカウンターのほうへ行くと、厨房《ちゅうぼう》をのぞいた。「ヘレン、しばらくフロアを見てくれないか。ぼくはケイティーを診療所に連れていく。彼女は具合が悪いみたいなんだ」

ジェレマイアがケイティーのエプロンを壁にかけていると、ヘレンが厨房から出てきた。「ケイティー、どうしたの?」

「よ、よくわからないの」ケイティーはいかにも疲れたような口ぶりで言った。「なんだかひどい気分なのよ」

「あとで結果を教えてちょうだいね」ヘレンはドアを押さえながら言った。ジェレマイアはケイティーを連れて〈ブルーバード・カフェ〉を出ると、道路を渡って診療所へ向かった。

待合室に置かれた椅子にケイティーを座らせてから、ジェレマイアは受付へ行き、ケイティーがマーサと呼んでいた看護師に話しかけた。「すまないが、すぐにケイティー・アンドルーズを診てもらえませんか？　今日の午後、予約を入れているんだが、具合がよくないんだ」

マーサは受付カウンターから出てきて、ケイティーのところへ行った。「元気がないわね、ケイティー」

「ええ、なんだか元気が出ないの」ケイティーはうなずいた。

マーサはケイティーの手首をつかみ、しばらく腕時計を見た。「脈は正常だし、しっかりしているわ。でも、たしかに先生に診てもらったほうがよさそうね」向きを変えて受付へ戻りながら言った。「できるだけ早く診察室に入ってもらうようにするわね」

ケイティーはうなずいた。「どうもありがとう、マーサ」

「ひょっとしたら、悪い病気がはやっているのかもしれないな」ジェレマイアはケイティーの隣の椅子に腰を下ろし、彼女の手を取ってやさしく握り締めた。「すぐによくなるよ」

待合室にはほかにも人がいた。ケイティーは、リディア・モーガンに弱々しくほほえみかけた。リディアのことは好きだけれど、今は誰とも話したくない。さいわい、リディアは六人いる子供のうち三人を連れていて大忙しだったので、ただ笑みを返してきただけだった。

ケイティーがうつむいて自分の手を見つめている

と、またしてもある考えが頭をよぎった。わたしがぐずぐずしすぎて、今さら子供を作ろうとしても無理だったのではないだろうか。ドクター・ブレーデンは今もこれからも子供はできないと言うのだろう。

ケイティーは週末からあれこれ考えていたが、母親のメアリー＝アン・アンドルーズが更年期に入ったときのことを思い出した。あのころ、母親は気分の変動が激しかったり、生理が飛び飛びになったり、ときにはこれから月経が始まるかのように、激しい腹痛を起こしたりすることがあった。まさに今のケイティーと同じ症状だ。

ケイティーは下唇を噛んで震えを抑え、ちらりとジェレマイアのほうを見た。妊娠する可能性がないとわかったら、二人がつき合いを続ける理由はなくなる。二人が合意したのは、わたしが妊娠するまで関係を続けるということだ。彼に恋をすることは含まれていない。

これから先ずっとジェレマイアのいない人生を歩むかと思うと、ときおり経験する激しい下腹部痛より十倍も強い痛みがケイティーの胸を貫いた。彼がいなくなったら、どうやって生きていけばいいのだろう？

今までジェレマイアに対してどんな感情も抱かないよう、懸命に努力してきた。けれど、それは無理だった。最初から、彼のおかげで自分はきれいなのだと思えたし、生まれて初めて本当に大切にされているという気持ちも味わった。ベッドのなかでも、ジェレマイアはやさしくて思いやりがあり、口では否定していたけれど、わたしのことを心配してくれた。

けれど、それが愛されているということだと思うほど、わたしは単純ではない。それでも、つき合う期間が長くなればなるほど、もう子供を産めないことがわかったときに、ハーレーに乗って走り去るジェレマイアを見るのがつらくなるだろう。

マーサがリンダに声をかけてドクター・ブレーデンの診察室へ行くよう伝えたとき、ケイティーは深く息を吸い込み、目をしばたたかせて涙を抑えた。こんなことをするのはいやだけれど、わたしのほうからこのおかしな関係に終止符を打たなければならない。わたしが生き延びられるかどうかは、それにかかっている。

「ジェレマイア?」

「どうした?」ジェレマイアはケイティーの指に指を絡ませた。「気分が悪いのか?」

「いいえ、大丈夫よ」喉が詰まってなかなか言葉が出てこないので、ケイティーはつばをのみ込んだ。

「わたし……気が変わったわ。子供は……もういらない」

「なんだって?」ジェレマイアはとても信じられないという表情を見せた。

「聞こえたでしょう」ケイティーは懸命に声が震えないようにした。「気が変わったの。わたし一人で子育てができるとも思えないし」

ジェレマイアは首を振った。「一人で育てる必要はないんだよ。ぼくも手伝うと言ったじゃないか」

ケイティーは床を見つめ、人生で最大の嘘をついた。「あなたは最善を尽くしてくれると思うけれど、子供を育てるのは大きな責任を引き受けることだわ。二人ともそんなふうに縛られるのはいやでしょう。あなただって行きたいところがあるでしょうし、デイクシー・リッジよりもおもしろいところで暮らしたいんじゃないかしら」

まるで殴られでもしたかのように、ジェレマイアがはっと身を引いたとき、ケイティーは胸が張り裂けそうになった。ジェレマイアは彼女の手を放して立ち上がり、待合室の端から端へ行ったり来たりを繰り返した。「つまり、きみが言おうとしているのは、子供を作るにしろ作らないにしろ、もうぼくとは会いたくないということか？」

「そのとおりよ」

ケイティーは何よりもジェレマイアと一緒にいたいと言いたかった。これから先もずっと、朝も夜も一緒にいたいと。けれど、それはできない。彼は子作りと子育てに協力すること以外は、何も約束していないのだ。

それ以上のことは起こらないのだから、今、別れを告げたほうがいい。必ず起こることを先延ばしにしても、苦しみや悲しみが大きくなるだけだ。今、感じているつらさも乗り越えられるかどうかよくわからない。

「あなたが協力してくれたことには感謝しているけれど、成功しないでかえってよかったのよ」ケイティーはジェレマイアを見上げた。彼は怒っているし、困惑しているけれど、将来、振り返ったときに、わたしがこの取り決めを終わらせたことに感謝するだろう。

「ケイティー、二番の診察室に入って」マーサがケイティーに声をかけながら、壁のファイル入れからカルテを取り出した。

「それじゃ、これでおしまいなのか？　ぼくたちはこの件から手を引いて、すべてなかったことにするのか？」いつもは朗々とよく響くバリトンが今はうなり声のように聞こえる。

「それがいちばんいいのよ」ケイティーは立ち上がって診療所の奥にある診察室へ行こうとした。「そうすれば、あなたがパイニー・ノブを離れたくなったときにも、引き留めるものは何もないでしょう。あなたは自由に好きなところへ行くことができるのよ」彼女は爪先立ちになり、骨張った彼の頬に最後のキスをした。「すばらしい人生を歩んでね、ジェレマイア・ガン」

ケイティーはすばやく向きを変えて診察室のほうへ歩いていったが、今にもがっくりと膝を突いてしまいそうな気がした。間違いなく今日は人生最悪の日だ。わたしが愛したただ一人の男性を諦め、子供を持つ最後の望みがついえたことを知らされようとしているのだから。

ケイティーが小さな診察室に入って腰を下ろすと、マーサは今の症状についていくつか質問をした。そして妙な笑みを浮かべながら、下着を脱いで背中の開いたガウンに着替えるよう言った。ケイティーは言われたとおりにしてから診察台に乗り、天井の四角いパネルを数えることに注意を集中させた。衝撃的なニュースを聞かされるのを待つあいだ、泣き出してしまわないように何かしていたかった。

「気分がすぐれないそうじゃないか、ケイティー」ドクター・ブレーデンが診察室に入ってきて、あとからマーサも続いた。「どうしたんだね？」

どうして医者はいつも同じことを言うのだろう？手に持ったカルテに症状は書いてあるはずなのに。

「更年期が始まったんです」ケイティーは答えた。

「ほう、そうなのか？」ドクター・ブレーデンはケイティーの膝の上にかけられているカバーを整えた。「どういうわけでこれが妊娠初期の症状ではなく、更年期障害だと思うんだね？」

ケイティーは眉をひそめながら枕から顔を起こし、おもしろがっているような表情の医師と目を合わせた。「母が更年期に入ったとき、同じような症状が出ていたから」

ドクター・ブレーデンはほほえみながら診察を開始した。「ホルモンの変化で同じような症状が出る場合もあるんだよ」少ししてからカバーを引き下ろした。「ケイティー、子宮がやわらかくなりはじめている。いちおう検査してみるが、きっと――」

「ほかのものだってみな同じでしょう」ケイティー

はため息をつきながら上半身を起こした。「年をとると、先生の内臓だってやわらかくなってたるんでしまうんじゃないかしら」

ドクター・ブレーデンは噴き出した。「わたしはそんなことを言おうとしたんじゃない。妊娠すると、子宮がやわらかくなるんだよ」にこにこしながら続けた。「おめでとう、ケイティー。ついにきみの子供が生まれるんだ」

10

ジェレマイアは固い決意を秘め、二週間ぶりにハーレーダビッドソンに乗ってディクシー・リッジを走り抜けた。ハーブに会って、〈パイニー・ノブ・アウトフィッターズ〉の共同経営者になる話はまだ有効かどうかたしかめなければならない。それから、最近購入した小屋がどうなっているか見ておく必要がある。この二件を片づけたあと、ケイティーを追いかけるつもりだ。

ケイティーが自由に好きなところへ行っていいと言ったことはどうでもいい。ぼくの望みはこのディクシー・リッジにいることなのだから。

ジェレマイアは腕時計を見てにっこりした。ちょうどランチタイムだから、ハーブは〈ブルーバード・カフェ〉で話を聞いてくれそうな相手を見つけては、ほらを吹いているだろう。

ジェレマイアの顔に笑みが広がった。小屋へ行くのはあとでもいい。まずハーブとの話をまとめてから、ぼくが愛したただ一人の女性に道理を説いて考えを改めさせよう。

ジェレマイアは〈ブルーバード・カフェ〉の駐車場にオートバイを入れ、エンジンを切ってハーレーダビッドソンから降りた。しっかりした足取りでカフェへ入っていき、店内を見まわす。ハーブはいつものテーブルに着いて常連客と話をしていた。

「〈パイニー・ノブ・アウトフィッターズ〉の株を買う話はまだ有効かな?」ジェレマイアはハーブのテーブルに近づいた。

「おや、おや、誰かと思ったら、ジェレマイアじゃないか」ハーブはにやりとした。「もう一つ、椅子を持っておいで」

「せっかくだが、ほかにも片づけなければならない用があってね」ジェレマイアは断った。ハーブが相変わらず見つめてくるので、もう一度きく。「あの話はまだ有効か?」

「有効だよ」ハーブはうなずいた。「おまえさんがここから逃げ出した日の二日後、弁護士が書類を用意してくれた。わしは少し待ってくれと頼んでおいたんだよ。おまえさんが舞い戻ってくるような気がしたものでな」

ジェレマイアはうなずいた。「ありがとう、ハーブ。いつ契約をまとめられる?」

「明日の朝いちばんではどうだ?」ハーブは満面に笑みをたたえて片手を差し出した。「おまえさんを共同経営者として迎えることができてうれしいよ、相棒」

ハーブの手を握り締めているとき、ジェレマイアは人の動きに気づいた。てっきりケイティーが料理を運んでいるのだと思ったが、それが十代のウエートレスだとわかって驚いた。ガムをくちゃくちゃ噛《か》みながら、小柄なブロンドの少女がジェレマイアのほうへやってきた。「ランチですか、ミスター・ガン？」

「今日は違う。ちょっとハーブに話があって寄っただけなんだ」ジェレマイアはすばやく店内を見まわした。どこにもケイティーの姿はない。いったいどこにいるんだ？

「おまえさんがどっかへ行っちまったあと、ケイティーはしばらく仕事を休まなきゃならなくなったんだよ」ジェレマイアの心を読んだように、ハーブが説明した。

ケイティーが〈ブルーバード・カフェ〉に来ていないということは、何かあったに違いない。胸に広がる恐怖と闘いつつ、ジェレマイアはハーブに注意を戻した。「ケイティーは家にいるのか？」

ハーブはうなずいた。「具合が悪くなってから、ミス・ミリーがそばについているらしい」

「いったいどこが悪いんだ？」ジェレマイアの口調がきつくなる。

「実のところ、どこが悪いのかわしにもわからんのだよ」ハーブは頭をかいた。「サディーが見舞いに行ったときも、ケイティーは重病じゃないとしか言わなかったそうだ」

ジェレマイアにとって、それだけ聞けばじゅうぶんだった。「ちょっと片づけなければならないことができた」そう言うなり、向きを変えた。「明日の朝、九時に家へ行くよ。そのとき書類にサインしよう」

「ケイティーに会ったら、よろしく伝えてくれ」ハーブが後ろから声をかけた。

ジェレマイアは自分の行き先がケイティーの家だ

ということを否定せず、すばやく〈ブルーバード・カフェ〉を出てハーレーに飛び乗った。オートバイを走らせながら、ドクター・ブレーデンの診断結果を聞かずに町を飛び出した自分を罵った。しかし、ケイティーにもう会いたくないと言われて、深く傷つき、意気消沈してしまった。そして診療所を出て小屋へ戻るや、荷造りをして、二度とパイニー・ノブ・マウンテンには足を踏み入れないつもりで町を出たのだった。

その後、ノース・カロライナまでオートバイを走らせ、ふと気がつくと、キャンプ・レジューヌのゲートの前にたたずんでいた。十九年前、そこから海兵隊の生活が始まった。だが、軍籍を失ったことを嘆くどころか、そこで考えられたのはどれほどケイティーを愛しているか、彼女に会えなくてどれほど寂しいか、彼女に拒絶されてどれほどつらいかということだけだった。

ジェレマイアは深く息を吸い込みながら、ケイティーの家へ通じる小道にオートバイを乗り入れた。今までもいろいろな人に拒絶されてきた。膝を負傷したあとは、体調が万全とは言えないという理由で除隊させられた。だが、ケイティーに拒絶されたときは、想像をはるかに超える深い傷を負った。

こんな短期間でどうしてケイティーがこれほど大切な存在になったのか、今でもよくわからない。しかし、それはまぎれもない事実なのだから、つきまとわないでくれと言われようと、彼女を愛するのをやめることはできない。

あの日、診療所では戦わずに諦めてしまったが、これからはそんな態度を改めるつもりだ。ぼくの人生にケイティーは必要不可欠な存在だ。どんな手を使っても、彼女にもぼくが必要だということを納得させてみせる。

「ミス・ミリー、誰がドアをたたいているのか、見てきてもらえないかしら？」こんな状態が続くなら死んだほうがましだと思いながら、重い足を引きずってバスルームからベッドへ戻る途中、ケイティーは頼んだ。

ドクター・ブレーデンに妊娠と診断され、しばらく安静にしているよう指示された日から一日、二日経《た》つと、胃のむかつきが始まった。困ったことにつわりはいつも昼食をとった直後に始まるのだ。

少しして、ベッドルームのドア口にミス・ミリーが現れた。「あなたがつき合っていたあの色男よ。あなたに会うまで帰らないと言っているわ」

「ジェレマイアがここに？」ケイティーはとても信じられないというように言った。

と同時に、胸の鼓動が速くなった。またジェレマイアの顔を見ることになるとは思っていなかった。あの日の午後、診療所で二人の取り決めからジェレマイアを解放したあと、診察が終わって待合室に戻ると、彼の姿はなかった。ハーブに電話をかけてジェレマイアの居場所を知っているかどうかきいたが、あの日の午後に町を出たことしか知らないと言われた。それは、ジェレマイアがふたたび自由を手に入れてほっとしている証拠だと理解した。もう彼に会えないと思うと心底打ちのめされたが、自分のなかで無事に育っている子供のほうに気持ちを傾けた。

「あなたがお客を迎えられるほど元気かどうかわからないから、居間で待つよう伝えておいたわ」ミス・ミリーの言葉が物思いにふけっていたケイティーを現実に引き戻し、心から愛する男性が待っていることを思い出させた。ミス・ミリーが歯のない口を開けて笑うと、頬のしわが少し伸びた。「あなたの様子をきかれたけど、妊娠していることは話さなかったわ。それはあなたの役目ですものね」

「そう……ありがとう、ミス・ミリー。ええ、ジェレマイアと話したいわ」ケイティーはポニーテールからほつれた髪をなでつけ、ベッドを出ようとした。「寝間着を脱いで服を着ないと。こんな格好ではいかにも病人らしく見えてしまうもの」

「まあ、たしかにちょっとやつれているわね」ミス・ミリーはうなずいた。「あの人にあとでまた出直すように言いましょうか？」

「いいえ」ジェレマイアが戻ってこない可能性もあるので、ケイティーは彼を帰したくなかった。わたしと別れてディクシー・リッジを出て、ジェレマイアがほっとしているとしても、彼が父親になることは知らせなければならない。「すぐに行くと伝えてちょうだい」

ミス・ミリーはうなずいた。「わかったわ」

「その必要はない」ミス・ミリーの背後からジェレマイアが言った。

ケイティーも老婦人も驚きの声をあげた。


「ああ、びっくりした」ミス・ミリーは胸に手を当てた。「年寄りを驚かすもんじゃありませんよ。心臓が丈夫でなかったら、床にばったり倒れていたかもしれないじゃないの」

「すみません」ジェレマイアはミス・ミリーに魅惑的な笑顔を見せた。

「許してあげるわ」ミス・ミリーはジェレマイアの腕をたたいた。「悪気はなかったんでしょうから」

ケイティーのほうを向いてにっこりする。「一時間くらいわたしがいなくても平気なら、ちょっとホーマーの様子を見に行ってきていいかしら。この二日間、関節炎がひどいらしいの」

どうやらミス・ミリーはケイティーとジェレマイアを二人きりにするための言い訳をでっち上げてくれたらしい。ホーマー・パーソンズはいつも元気いっぱいなのだから。

「わたしなら大丈夫よ」ケイティーは答えた。「寄ってくれてありがとう、ミス・ミリー」

「明日の朝、またそばについていたほうがいいかどうか電話するわね」老婦人は言った。そしてジェレマイアの横を通り過ぎる際、ちょっと言い添える。「ちゃんとケイティーの面倒を見るんですよ。さもないと、わたしが黙っていませんからね」

ジェレマイアは困惑顔でミス・ミリーが部屋から出ていく様子を見守ったが、やがて気遣わしげな表情を見せた。ベッドのほうへ歩いてくると、すぐさまたずねる。「誰かにずっとついていてもらわなければならないような状況なのか?」

「いいえ……そうでもないわ」またしても胃がむかむかしてきた。ケイティーは枕にもたれて目を閉じ、吐き気を抑えようとした。「ミス・ミリーはとってもやさしくて、力になりたいと思ってくれているから……一人でも大丈夫だと……言う勇気がなかったの」

「本当に問題ないのか?」ジェレマイアはきいた。「入院したほうがよさそうな感じだが」

「今は……話が……できないわ」

必死に抑え込もうとしていた吐き気が優勢になったので、ケイティーはキルトをはねのけるや、バスルームへ駆け込んだ。ドアに鍵をかける余裕もなく、白い便器の前にひざまずいた。ケイティーが吐いているあいだ、額に当てられた大きな手が彼女を支え、吐き気がおさまると、濡《ぬ》れたタオルで顔を拭いてくれた。ケイティーは恥ずかしくて死んでしまいたいくらいだった。

ジェレマイアの手を借りて立ち上がったとき、ケイティーの頬を涙が伝った。「気持ちが落ち着くまで少し待ってくれないかしら?」

「だめだ」ジェレマイアはケイティーを抱き上げ、広い胸に彼女を押しつけた。「きみが倒れる前にベッドへ連れていく」

またジェレマイアに抱かれるのは天にも昇る心地だったが、ケイティーもばかではない。彼は力になろうとしているだけだ。

ケイティーをベッドに入れてキルトをかけたあと、ジェレマイアはマットレスの端に腰かけた。「この症状も、二週間前に具合が悪かったことと関係があるのか?」涙を拭くようケイティーにティッシュペーパーを渡した。

「ええ」

「この症状についてドクター・ブレーデンはなんと言っているんだ?」

「この状態が続くのは、せいぜいあと一カ月くらいですって」ケイティーは妊娠したことを伝える最善の方法を考えた。

ジェレマイアは首を振った。「そんな説明じゃ納得できないな。ドクター・ブレーデンに何もできないなら、ぼくたちは専門医のところへ行かなければならない」

「ぼくたち?」

ジェレマイアはうなずいた。「この症状がなんにしろ、早く改善させなくては」

もちろん、ジェレマイアはわたしが健康だということをたしかめたいのだ。ケイティーはそう思った。彼は本当に思いやりがある。だからといって、わたしとの関係をやり直したいということではない。

「そんな必要はないのよ」ケイティーは深く息を吸い込んだ。ジェレマイアがいいきっかけを与えてくれた。「よくある症状で――」

「よくあるかどうかなんてことはどうでもいい」ジェレマイアは彼女の言葉を遮って言った。「この症状を抑える方法があるはずだ」

心から愛する男性の顔を見つめているうち、ケイティーはきかずにいられなくなった。「どうして戻ってきたの?」

しばらくケイティーの顔を見つめたあと、ジェレマイアは口を開いた。「きみを診療所へ連れていった日、あることがわかったんだが、きみに伝える機会がなかった」

「何がわかったの？」ケイティーは無理やり息を吸い込んだ。ジェレマイアの口調がどことなく以前と違うことや、チョコレートブラウンの目が輝いていることに気づいて、固唾をのんでいたからだ。

ジェレマイアは開いた両膝の上に腕を置き、膝のあいだでゆったりと指を組み合わせた。自分の手を見つめながら顔を上げずに話しはじめる。「この町に来たときに考えていたのは、釣りをすること、これからどんな仕事をするか時間をかけて決めること、それから人生を前に進めることだけだった」目を上げてケイティーと視線を合わせる。「きみと出会うとは思ってもいなかった」

「わたしのせいで選択の余地がなくなってしまったのね」ケイティーは体を起こすために枕をベッドの頭板にもたせかけ、それに寄りかかった。「わたしがあなたのところに押しかけて、いきなりとんでもない頼みごとをしたから」

「それも予想外の出来事だった」

「わたしが子作りに協力してほしいと頼んだこと？」

「まあ、それもだな」ジェレマイアがほほえむと、ケイティーの背筋がぞくぞくした。「あの日まで子供をほしいと思ったことはなかったんだ」

「そうだったの？」

「ああ」適切な言葉を探しているかのように、ジェレマイアは首の後ろを手でさすった。「ぼくには家族がいない。いや、少なくともぼくが知っている家族は一人もいない。五歳のとき、母はぼくを置き去りにして行方をくらました。ぼくは里親に育てられ、子供のころはあちこちの家をたらいまわしにされた」

「ああ、かわいそうに」ジェレマイアの話を聞いてケイティーは胸が痛くなった。彼女は家族や友人の愛や支えを受けて育ったので、彼が送ってきた生活がどんなものなのか想像もつかない。

「もともと自分が持っていないもののことを考えて、寂しがったりはしないさ」ジェレマイアは肩をすくめた。「だが、子供のころ心に誓ったんだ。絶対に自分の子供を同じ目に遭わせることはしないと。そんな状況にならないようにする唯一の方法は、子供を作らないことだった」

ケイティーは子供ができたことをジェレマイアが喜んでくれるのではないかと期待していたが、彼の話を聞いてその考えは消えた。「それなら、どうしてわたしに協力することにしたの？」

「いくつか理由がある」ジェレマイアはケイティーの手を取った。「きみの意見を言う前に、ぼくの話を最後まで聞いてくれないか？」

「でも――」

「どうしてもこれだけは言っておかなければならないんだ」ジェレマイアはしつこく言った。「ぼくがきみに協力することにした理由を説明したら、なんでも好きなことをきいてくれてかまわない」

ケイティーはジェレマイアの話を聞きたいのかどうかよくわからなかったが、とにかくうなずいた。

「わかったわ」

「よし」ジェレマイアはほほえみながら身を乗り出し、すばやく唇を重ねた。「最初はきみの話が信じられなくて、かまをかけようとしたんだ。実を言うと、ぼくが出した条件をきみが受け入れるとは思っていなかった。だが、ぼくは約束を守る男だから、きみが同意した以上、最後までやり通すしかなかった」

ジェレマイアはその話をじっくり考えているケイ

ティーの様子を見守った。彼の言葉にケイティーは頭を悩ませているようだ。

彼女が返事をする前にジェレマイアはたずねた。

「どうしてぼくがあんな条件を出したのかわかるか？」

「いいえ」ケイティーはほとんど聞き取れないくらい小さな声で答えた。

「きみを怖がらせて追い払いたかったからだよ」ジェレマイアは頭を振った。「まさかきみが同意するとは思わなかった」

「でも、わたしは……同意したわ」ケイティーの声がかすれた。「どうしてわたしを説得してやめさせようとしなかったの？」

「約束したからさ。それに……」ちょっと間を置いてから続ける。「子作りに協力してほしいと頼まれた日から、きみの美しい体を抱きたいということしか考えられなくなった」深く息を吸い込む。「きみに協力すれば双方の目的を果たすことができると思った。きみは望んでいた子供を手に入れ、ぼくは付帯条件なしにきみを抱くことができる、と」

アクアマリン色の目に浮かぶ傷ついた表情に気づいた瞬間、ジェレマイアは自己嫌悪に陥ったが、どうしようもなかった。今の気持ちを伝える前に、ケイティーに真実を知ってもらわなければならない。

ケイティーがジェレマイアに握られている手を引っ込めようとすると、彼はその手を口元に持っていき、一つ一つの指先に唇を押し当てた。

「だが、二人で一緒に過ごしはじめると、何かが起きた。きみのことを知れば知るほど、いろいろな物事に対する見方が変わった。生まれてはじめて、今まで知らなかった世界を経験したんだ」

不可解な表情を浮かべ、ケイティーは長々とジェレマイアを見つめた。「それはなんなの？」

ジェレマイアは深く息を吸い込んだ。「そんなつもりはなかったのに、そんなときが来るとは思っていなかったのに、生まれてはじめて恋をしたんだ」

ケイティーは目を丸くした。「なんですって?」

ジェレマイアはうなずき、ケイティーを抱き寄せた。「気がついたら、これから先もずっと、毎晩きみと愛し合って、毎朝きみを抱いて目覚めたいと思うようになっていた」そう言って、息が切れるまで激しく唇を奪った。「ぼくがきみに協力することに同意したほかの理由を知りたいか?」

「よくわからないわ」ケイティーは下唇を噛んだ。

ジェレマイアは滑らかなダークブラウンの髪をなでた。「前から子供は好きだったんだよ。子供は無垢《むく》でかわいくて、無条件に人を愛するからね」ケイティーの頬にてのひらを当て、親指で涙を拭う。「自分が父親になると思うと、死ぬほど怖かった。いい父親になれるかどうかわからなかったからだ。しかし、だんだんそんな考えにも慣れて、ぼくの母親がしたようなことをきみがぼくたちの子供にするはずがないという確信も生まれた。それに、きみがいつもそばにいて、いい父親になれるよう力を貸してくれることもわかった」

「わたしが子供を産めなかったらどうするの?」ケイティーは震える声できいた。

ジェレマイアはしばらくケイティーの顔を見つめた。「さっきも言ったが、もともと持っていなかったもののことを考えて寂しがったりはしないよ。きみと子供を作りたいが、それが無理だとしても、きみに対する気持ちは変わらない」

「ああ、ジェレマイア、愛しているわ」ケイティーはジェレマイアに抱きついた。

ジェレマイアはケイティーを抱き締め、自分の体に押しつけられているやわらかな体の感触を楽しんだ。ふたたび彼女を抱くことができたのだから、もう二度と放さない。

だが、今でも気になっていることがあった。「ケイティー、愛しているなら、どうしてあの日、診療所でぼくを追い払った？」

「ドクター・ブレーデンになんと言われるのか、想像がついたからよ」話している途中、ケイティーの唇がジェレマイアの首の横に触れた。そのとたん、彼の体に熱い感覚が湧き起こり、頭がくらくらした。ケイティーはジェレマイアに抱かれたまま上体をそらして、彼と目を合わせた。「いつまでもぐずぐずしていたから、もう妊娠は無理だと言われるに違いないと思ったの」

ケイティーにとってそれは完全に筋の通った推論なのかもしれないが、ジェレマイアにはまったく理解できなかった。「わからないのは、それが――」

「わたしたちの取り決めは、わたしが妊娠するまでベッドをともにするというものだったでしょう」ケイティーは指先で彼の顎の線をたどった。二人の目が合った瞬間、アクアマリン色の目の奥に浮かぶ愛に気づいたジェレマイアは、どきっとした。「子供ができないことがはっきりしたら、あなたは町を出ていくんじゃないかと思ったの。一緒にいる時間が長くなればなるほど、別れがつらくなることもわかっていたわ。だから、別れる勇気があるうちにあなたを自由にしてあげたかったのよ」

ジェレマイアは胸がいっぱいになった。「そんなにぼくを愛しているのか？」

「何よりも愛しているわ」ケイティーはうなずいた。

ジェレマイアは彼女の額、目、鼻のてっぺんにキスをした。「ハニー、きみさえいてくれたら、子供ができなくたってかまわないんだよ」

「本当に？」

ジェレマイアはうなずいた。「さあ、今度はきみが言いたかったことを聞こうか」

ケイティーの笑顔はジェレマイアの体に不思議な

作用を及ぼした。「わたしは間違っていたの」

「どういうことだ？」ジェレマイアは身を乗り出して彼女の首の滑らかな肌に唇を寄せた。

ケイティーの体に甘美な震えが走ったが、ジェレマイアに言わなければならないことに意識を集中した。「子供を産めないというのは間違っていたのよ。ドクター・ブレーデンが言うには――」

「それじゃ、きみが元気になったら、今までどおり二人で子作りを続けるんだね？」ジェレマイアはこれまで見せたことのないセクシーな笑みを浮かべた。

ケイティーはほほえみながら首を振る。「いいえ、もうその必要はないわ……」ジェレマイアががっかりした顔をすると、彼の頬に手を当ててすばやく唇を重ねた。「だってもう成功しているんですもの」

彼のとても信じられないという表情を見て噴き出した。「わたし、妊娠しているのよ」

ジェレマイアはケイティーの腹部を見てから顔に目を戻した。「それで具合が悪いのか？」

ケイティーはうなずいた。

「大丈夫なのか？　ドクター・ブレーデンはなんて言っている？　あんなに吐くのも正常なのか？」

矢継ぎ早の質問に笑いながら、ケイティーはジェレマイアの唇に指を押し当てた。「ええ、大丈夫よ。わたしの場合、立ち仕事が多いから、二、三週間はのんびりしたほうがいいと言われたの。妊娠初期にこんなふうに具合が悪くなるのはめずらしいことではないんですって」

「妊娠初期か？」ジェレマイアの端整な顔に困惑の表情が浮かんだ。「なるほど、そういうことだったのか。結婚したら、その関係の本を少し読まなければならなそうだ」

今度はケイティーがとても信じられないという表情を見せた。「結婚するの？」

「もちろんさ」ジェレマイアの笑顔を見たケイティ

ーの体に熱い感覚が広がった。彼はケイティーをベッドに横たわらせて隣に寝そべった。「またきみに追い払われては困るからね」

「絶対にそんなことにはならないわ、ミスター・ガン」ケイティーは骨張った頬にキスをした。

ジェレマイアの口はケイティーの唇をとらえ、情熱的なキスを開始した。「愛しているよ、ケイティー・アンドルーズ。ぼくはきみのものだ」

ケイティーはチョコレートブラウンの目をのぞき込んでほほえんだ。「わたしも愛しているわ、ジェレマイア・ガン」

エピローグ

四年後

小屋の前でSUV車を止めたとき、ケイティーはポーチで子供用のテーブルをはさんで座っているジェレマイアと娘に気づいた。ケイティーはほほえみながら車から降り、運転席側の後部ドアを開けた。

ケイティーにチャイルドシートから出してもらうと、一歳の息子は家のほうを指差した。「パパ」

「ええ、そうよ。どうやらお姉さんはパパを説得してお茶会を開かせたようだわ」ケイティーはポーチへ向かって歩きながら、片手で口を覆って大きなあくびをした。「ジェイコブとママが診療所に行っているあいだ、二人で楽しんでいたようね」

ジェレマイアは椅子から立ち上がり、ポーチの階段を上ってくるケイティーに手を貸した。「マリッサが新しいティーセットを使ってみたいと言い張ったんだ」

ケイティーは大きな声で笑った。「あら、この子に言われたらなんでもするの？」

「まあだいたいはね」ジェレマイアはにやりとした。そして、ジェイコブを受け取りながらすばやくケイティーにキスをする。「きみもマリッサもぼくを手玉に取っていたじゃないか」

「それはどういう意味かしら、ミスター・ガン？」

ケイティーはふざけてきいた。

「ぼくを思いどおりに操っていたということさ」ジェレマイアは笑いながら息子に目を向けた。「こいつも同じだ」

「ママ、疲れちゃった」マリッサがあくびをしながら、抱いてもらおうと母親のほうに腕を伸ばした。

ケイティーは娘を抱き上げてしっかりと抱き締めた。

「ママとジェイコブが診療所に行っているあいだ、パパと楽しく過ごしていたの？」

「うん」マリッサは眠そうな表情でジェレマイアに笑いかけた。「パパったら、チョコレートチップ・クッキーを全部食べちゃったのよ」

「マリッサがもう一ついかが、と言いつづけるからだよ」ジェレマイアは弁解がましく言った。

ケイティーは相好を崩した。ジェレマイアは本当にいい父親だ。

マリッサが母親の肩に頭をもたせかけると、ケイティーは娘の頬にキスをした。「あなたとジェイコブがお昼寝から覚めたら、一緒にもう少し作りましょうね」

「マリッサはもう眠っているよ」ジェレマイアは小声で言い、ドアを押さえてケイティーと娘を家のなかに入れた。「ドクター・ブレーデンはなんて言っていた?」

「子供たちを寝かしつけてから話すわ」ケイティーは廊下を歩いて子供部屋に改装した予備のベッドルームへ向かった。

ジェレマイアは息子と娘にキスをしたあと、つかの間、ベッド脇にたたずみ、子供たちの寝顔を見つめた。ハーレーに乗ってディクシー・リッジへ来てから四年、自分の人生がこんなにも満ち足りたものになったことがいまだに信じられない。海兵隊以外には知り合いのいない放浪者の人生を歩む代わりに、美しい妻と二人のかけがえのない子供を得て、世界でも屈指の自然豊かな土地で暮らしているのだから。

「おまえは幸運な男だ、ガン」ジェレマイアはつぶやきながらそっと廊下に出て、子供部屋のドアをほんの少し開けたままにしておいた。

居間に入ったとき、大きな見晴らし窓の前にたたずむケイティーの姿が目に入り、思わずジェレマイアは顔をほころばせた。彼女は四年前に結婚したときよりもきれいだ。

ジェレマイアはケイティーの背後に近づき、ウエストに腕を絡ませて彼女を引き寄せた。「それで、ジェイコブの健診結果は?」

「すこぶる健康で、あらゆる点で同い年のほかの子供よりも成長が早いそうよ」ケイティーは肩越しにジェレマイアを見た。「会うたびにジェイコブはあなたに似てくるとマーサが言っていたわ」

さまざまな感情が湧き上がり、ジェレマイアは胸がいっぱいになった。「ありがとう、ハニー」

「何に対するお礼なの?」

「すべてのことに対してだ」ジェレマイアはケイティーのうなじに鼻を押しつけた。「きみのおかげで思ってもみなかった豊かな人生を手に入れることができた」

「そう言ってくれるとうれしいわ。だって、もっと豊かな人生になりそうなんですもの」

「どういうことだ？」

ケイティーはジェレマイアの腕のなかで向きを変え、角張った顎の先にキスをした。「この家の建て増しをするときは、新しい部屋を二つではなく、三つにしたらどうかしら？」

「やっぱりキルトを作るための裁縫室がほしくなったのか？」

ケイティーは首を振り、ジェレマイアの体温を急上昇させそうな笑顔を見せた。「いいえ。先生がおっしゃるには、わたしが早期閉経になる徴候は見られないんですって」

「家族のなかできみは例外なのかもしれないな」ジェレマイアは顔をしかめた。「だが、そのことと建て増しと、どんな関係があるんだ？」

ケイティーが魅惑的な笑みを浮かべると、たちまちジェレマイアの体がこわばり、頭がくらくらした。

「わたしはまだ子供を産めるそうよ」

「つまり、もう一人、子供がほしいと言おうとしているのか？」自分がばかみたいににやにやしているのは、ジェレマイアも承知していた。だが、そんなことはどうでもいい。ケイティーが子供をほしいと言うなら、喜んで協力するつもりだ。

驚いたことにケイティーは首を振った。「必ずしもそういうことではないわ」両手でジェレマイアの顔を包み込んで熱いキスをする。「つまり、もう子供ができたと言おうとしているのよ。わたしはまた妊娠したの」

「本当か？」

ケイティーはあくびをしながらうなずいた。

ジェレマイアは思ってもいなかったが、彼女の話を聞いて幸福感が十倍にふくらんだ。「今度の予定日は？」

「来年の初めよ」ケイティーはまたあくびをした。

ジェレマイアは笑った。ケイティーは妊娠するたびに、初期はずっと眠けに襲われるようだ。「きみも昼寝をしたほうがいいな」

「あなたも一緒に寝る？」ベッドルームへ向かいかけたケイティーがきいた。「あなたに抱かれて眠るのが好きなの」

「ハニー、ぼくも眠っているきみを抱いているのがいちばん好きだよ」

ケイティーは茶目っけたっぷりの笑みを浮かべた。

「いちばん？」

「まあ、ほぼいちばんと言ったほうがいいかな」ジェレマイアは笑ったあと、ありったけの情熱を込めてキスをした。「愛しているよ、ケイティー・アンドルーズ・ガン」

「わたしも愛しているわ、ジェレマイア・ガン」ケイティーは彼の首に腕を絡ませた。「わたしが心から求めていたものを与えてくれてありがとう」

「ハニー、ぼくが心から求めていたものを見つけさせてくれてありがとう」ベッドに横たわると、ジェレマイアは言った。「きみと子供たちがいてくれるおかげで、ぼくの人生は信じられないほど意味のあるものになるんだよ」

眠っている美しい妻を抱きながらジェレマイアはしみじみと思った。ケイティーと子供たちがいるかぎり、これからの人生は完璧なものになるだろう。

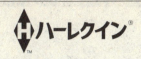

天使を夢見るウエイトレス
2016年1月20日発行

著　者	キャシー・ディノスキー
訳　者	大谷真理子（おおたに　まりこ）
発行人	立山昭彦
発行所	株式会社ハーパーコリンズ・ジャパン 東京都千代田区外神田 3-16-8 電話 03-5295-8091（営業） 0570-008091（読者ｻｰﾋﾞｽ係）
印刷・製本	大日本印刷株式会社 東京都新宿区市谷加賀町 1-1-1
編集協力	株式会社ラパン

ISBN978-4-596-51691-6 C0297